小林恭二
五七五で
いざ勝負

KOBAYASHI KYOJI

NHK「課外授業 ようこそ先輩」
制作グループ＋KTC中央出版［編］

小林恭二　五七五でいざ勝負

もくじ

小林　恭二
（こばやし　きょうじ）

プロフィール

一九五七年、兵庫県西宮市生まれ。東京大学文学部美学芸術学専修課程終了。在学中は「東大学生俳句会」の一員として活躍。

俳句を通してユニークな言葉の発想と物語のはじまりに目覚める。大学卒業後、一九八五年『電話男』で第三回海燕新人文学賞受賞。八六年『小説伝』が第九四回芥川賞候補となり、最も注目される新世代作家の一人となる。八七年、初の長編小説『ゼウスガーデン衰亡史』（第一回三島由紀夫賞候補作）では、ジャンルにとどまらない反響をよび、若手作家ナンバーワンの地位を固めた。小説の他、紀行（酒・温泉）、歌舞伎、読書、茶の湯等を題材にしたエッセイ「～日記」シリーズは一般読者はもちろんのこと業界内にも熱狂的な読者を持つ。また、ロングセラー、『俳句という遊び』は各界から絶賛され、昨今の俳句（句会）ブームの仕掛人の一人と評されている。

小林恭二著作リスト

1985 「電話男」（福武書店）第３回海燕新人文学賞受賞作
86 「小説伝・純愛伝」（福武書店） 第94回芥川賞候補作，泉鏡花賞候補作，野間文藝新人賞候補作
87 「ゼウスガーデン衰亡史」（福武書店） 第１回三島由紀夫賞候補作、野間文藝新人賞候補作／「電話男」（福武文庫）
88 「実用青春俳句講座」（福武書店）／「半島紀・群島紀」（新潮社）／「小説伝」（福武文庫）
89 「俳句とはなにか／日本ペンクラブ編・小林恭二選」（福武文庫）
91 「ゼウスガーデン衰亡史」（福武文庫）／「荒野論」（福武書店）野間文藝新人賞候補作／「俳句という遊びー句会の空間ー」（岩波新書）／「悪夢氏の事件簿」（集英社）
92 「春歌・小林恭二　初期句集」（リブロポート）／「瓶の中の旅愁 ー小説の特異点をめぐるマカロニ法師の巡礼記ー」（福武書店） 第５回三島由紀夫賞候補作／「浴室の窓から彼女は」（角川書店）／「日本国の逆襲」（新潮社）
93 「酒乱日記」（平凡社）
94 「短編小説」（集英社）／「山椒魚戦争」カレル・チャペック著、小林恭二・大森望訳、解説小林恭二（小学館）
95 「俳句という愉しみ ― 句会の醍醐味―」（岩波新書）／「猿蓑倶楽部　―激闘！ひとり句会―」（朝日新聞社）／「荒野論」（福武文庫）
96 「瓶の中の旅愁」（福武文庫）／「邪悪なる小説集」（岩波書店）／「日本国の逆襲」（新潮文庫）
97 「悪夢氏の事件簿」（集英社文庫）／「短歌パラダイス　ー歌合二十四番勝負ー」（岩波新書）／「数寄物日記　無作法御免の茶道入門！」（淡交社）
98 「カブキの日」（講談社） 第11回三島由紀夫賞受賞
99 「チャイナアート」（NTT出版）／「父」（新潮社）／「実用青春俳句講座」（ちくま文庫）／「ゼウスガーデン衰亡史」（ハルキ文庫）／「悪への招待状　幕末黙阿弥歌舞伎の愉しみ」（集英社新書）
2000 「首の信長」（集英社）／「電話男」（ハルキ文庫）
01 「モンスターフルーツの熟れる時」（新潮社）

授業前インタビュー

この人生は絶対失敗している

――小林さんが猿楽小学校にいたのはいつごろですか？　そのときの思い出は？

猿楽小学校には一九六四（昭和三九）年に入学して、四年生になったときに転校しました。

――そのころの小林さんは、どんな少年でしたか？

それはあんまり思い出したくない。取り柄がないというのはこういうことだというふうな少年でしょうね。

決していい成績ではないですけど、ひどく悪いというわけではないです。通信簿ではだいたい「3」がベースで、「2」がお化粧程度。「4」があると赤飯でも炊こうかと。でも、幸いにして最高も最低もつきませんでした。自慢できるほどの成績ではないですね。

運動も、中学・高校になってから比較的まともにできるようになったけど、小学校では可もなし不可もなしだったんでしょうね。音楽は悪いです。音楽は常に安定して「2」をとってました。

猿楽小学校はやっぱり都会の小学校なんですよね。小さいけど、よくまとまった小学校。その後、神戸の中央区と東灘区《ひがしなだ》御影《みかげ》というところの小学校に転校しました。神戸も都会的ですけども、ここがやっぱり群を抜いて都会的だったと思います。

先生も非常に熟練された方で、それもやっぱり都会の小学校だったからでしょう。小学校に入学したときに東京オリンピックがありましたので、例えば聖火リレーのときに小旗を振りに行かされたり、風船に花の種を結びつけて飛ばすとか、そういうふうなことをたくさんやった覚えがあります。当時は、東京都のモデル小学校だったということを後でうかがいました。

——代官山というと、若者が行きたがるおしゃれな店がいっぱいです。そのころは？

それはないです。代官山の同潤会《どうじゅんかい》アパートは非常におしゃれな地点として有名になりましたけれど、当時はたんに非常に古い老朽化したアパート群だったというふうに覚えてます。当時でもたぶん築四〇年ぐらいだったんじゃないかな。昭和初期のものとうかがってますから。

南平台というところが隣接したところにありまして、南平台は今はマンション街になってしまいましたけれど、当時はお屋敷街だった。

この辺りは今も昔も、大使館が多いですね。ギニア大使館、デンマーク大使館とか、他にもいくつかあったと思うんです。ぼくが子どもの当時ももちろんあった。学校に行く途中の道にも一つありました。だから、外交官ナンバーの車とか外国の車とか、西洋風の家は見慣れていたと思います。外国人も多かったんじゃないかな。
小学校のなかでの外国人は記憶にありませんけれども、街では大使館の方がウロウロしていた。わたしが住んでいた公団アパートの隣りが、今でも外国人の専用住宅になっています。ぼくが物心ついた当時は、米軍士官の住宅で、その後、ノースウェストのアメリカ人社員の社宅だったと思います。

——子どものころから作家になるという気持ちがありましたか?

大人になれるかどうか不安でしたからねえ。年が経てば大人になれるとは思ってましたけれども。いわゆる禁治産者じゃなくて、きちんと生活できるか不安でしたからね。作家になるなんてとてもとても。
子どもながらに「絶対この人生は失敗してる」というふうに、強く確信しておりました。

——人づきあいもうまくなかった?

人づきあいは、今程度のものでしょうね。友だちがいなくていつも孤立している子どもだったとは思わないし、かといって非常に世渡り上手なわけでもなかった。さみしがりやですから、友だちは常にいた。ひょっとすると、人から見たら恵まれてるように見えたかもしれない。

——物事を深く考えたりしていた?

物事を深く考えるなんて、とてもとてもそんな余裕はないです。とにかくその場しのぎで。プールや海で溺《おぼ》れかけの子どもが泳いでいるようなものでしょうね。次の瞬間、息ができればそれで御の字。そんな感じだったように。

――じゃあ、小学生時代はいい思い出はない？

ずっとないんですけどねえ。思い出というか、思い出すというのが好きじゃないんで。思い出すと、いやなことばっかり思い出すんじゃないかという、そういうふうな恐怖感にとらわれているだけです。もうちょっとして人生から本当にはずれてしまったら、ひょっとしたら「楽しかった」とほざくかもしれませんけど、今もやっぱりアップアップで、基本的に次の息継ぎができればいいと思ってる程度ですから。

考えてみたら、おれは勉強は苦手なんだ

――そういう子どもが東大に入学して、俳句に出会う。東大を選んだ理由は？

しょうがないですよね。父も兄もみんな「東大にあらざれば人に非ず」という、だからこれは家庭の事情としかいいようがないですね。ぼくは東大に行ける成績の生徒ではなかったです。

――よく受かりましたね。

勉強したからでしょうね、一生懸命。がらにないことをやったからだと思いますが。

――文学部を選んだのは？

いろいろあるなかでいちばんいいかげんそうだな、と。理由はないことはないんですけど、いちばんはずれていてもなんとかなるんじゃないかというふうな理由でした。

――こういう職業につこうという明快な目的があったわけじゃない？

職業につけると思いませんもん。小説家になるのは運ですから。そんなもんになろうと思ってなれるものでもないし、なろうと思ってなるべきものでもないと思いますから。

――小説家になろうという思いはいつごろから？

確かにまあ、なれればいいなと思っていた時期もありました。大学に入ってからだと思います。それで、小説を書いてみたらうまく書けなかった。でも大学にいれば、研究者というふうな道がやっぱり見えてくるんですよね。だから、そのまま研究者になるんじゃないかな、と。先生に潜り込んで、とか思っていた時期が長いです。

大学四年生ぐらいになったときに、はっと気がついて、「あ、おれは考えてみたら勉強は苦手なんだ」と。一生勉強するのはいやなんだというふうにしみじみと気がついた。それから、研究者になるのであれば、ドイツ語系、ドイツ文学者かあるいはドイツ語の研究者になるというふうに思っていたのですが、ある日、ドイツ語がすごく嫌いになった。ドイツ人が嫌いなんじゃないですよ。語弊《ごへい》があると困るので、ドイツ語も立派な言葉ですけど、ただもう、哲学的な文章を読んでいるとたまらん、と。

それでもう、それまで小説が好きでかなり読んでいたことは事実だと思いますけど、やけくそみたいに「わたしは作家になる」って言ったわけです。

あのとき、面白い天秤《てんびん》のかけかたをした。「よむ」っていうのは、自分の読書の傾向からすれば、小説を読むのと俳句を読む――「ドク」のほうですね――読むほうはバランスがとれていたのです。小説も俳句も面白い感じがしていて。ただ、もし自分が生活できるようになれば、要するにサラリーが入るようなものであったら、俳句がいいかな、と。それでサラリーを取る道が得られないのであれば、小説を選ぼう。小説は一応食っていくことができますから。要するにその二つを天秤にかけて、学問に挫折したから小説に行った。ついでに俳句も道連れにして、落ちていったわけですね。

学問という、まっとうな社会人路線からスーッと転落していって、残ったのがこっちだった。

ぼくの句には一点も入らなかった

――東大で俳句と出会った経緯は？

小佐田哲男先生という製図学を教えていらした先生がおられた。ただしぼくは文系でしたから、ぜんぜん接点はなかったんですよ。ただ、なんでそれが目に入ったかわからないんだけど、ゼミの要項を見ていたら、「自然科学――俳句」って書いてあって、それは何だろうと思った。しかもそれは、俳句をつくれば単位をくれるという。

友だちからも、「小佐田先生の授業は名物だよ」と、聞いていたのです。ですから、それやこれやで一回顔を出したんですね。それが一つの出会いになった。

授業が始まっていきなり「じゃあ、今日は晴れてますから、外に出ましょうか」と。だって非常に親しい間柄ならそれでもいいわけですけど、いきなりですから、なんという先生だと思いました。自己紹介も、俳句とは何かも一切なくて、「とにかくつくりましょう」と言う。

それでみんなでぶらぶら歩いて、三〇分くらい経って教室に戻ってきた。何にも浮かばなかったんで、「たんぽぽをにぎりつぶしたその手かな」と書いたんです。

みんなで句を黒板に書いた。三〇人ぐらいいたかな。「互選」といいまして、書かれた句に対してみんなで投票するわけです。当然ぼくのには一点も入らない。

――入らなかったんですか？

入らなかったです。まあ、今から思えばいい句ですけどねえ。変わった句なんだけど、やっぱり一点も入らなかったのです。

最初はみんな、選び方もわからない。みんなが選び終わった後、先生が五つぐらい佳作を選ぶわけです。自分のはそれにも入らなかったんで、もうやめようと思った。当時は、授業は一回出たら、もうそれでやめることにしてましたから。

そしたら先生、選び終わって帰りかけて、パッとまた戻ってきて、「この句も選外佳作というところですか」と。一点も入らなかったから哀れんだのだと思うんですけどね。そういうのは、やっぱり先生になるとよくあることで。「選外佳作ですかね」って言われたので、「ああ、この先生はものがわかっていらっしゃる」と思って、それから授業に出るようになったというところだと思います。

――もし、そこで先生が無視してたら？

やめてるでしょうね。あそこで先生に無視されていたら、俳句に出会うこともなく心平安のまま生きてきたと思います。俳句に関しては、ですけどね。

自分で言うのもなんですけど、筋のいい俳人じゃないから、特に若いときにつくった自分の句を自慢する気はないけど、この句だけはまあまあ形になっていると思います。あとのはなんかごたごたした句です。だから先生もそんな中から選べないですよ。だって初めてつくった句だもん。みんなもうはっきり言って、五七五になっていれば御の字みたいな形の句ですから。だから、この句もあんまりいい句だとは思いません。

俳句は発想の短距離ダッシュ

――そのゼミ以来、俳句にのめりこまれたんですね。

そうです。やることがなかったこともありますし、小説を書いてたんですけど、小説はやっぱり難しいですから。そのころは大学生の多くがそうだったと思うんだけど、背伸びして海外文学ばっかり読むのです。海外文学と日本の事情は違うんで、同じように小説が書けるわけないんですよね。だから真似して書いたら、やっぱり書けないということがあった。

俳句はその点、日本生まれの日本の文芸だし、短いし、ある意味で生活と密着してるから書けたのですよ。すごく楽しかったんです。ぼくは大学二年のときに先生のゼミを取りましたから、一年留年して大学を卒業するまで四年間は、かなりの俳句漬けだったと思います。その後、ぴたっと止みましたけど。

——その時代だけですか？

その時代だけです。人のものを読むのは好きだし、句会といって、会で集まるとみんなで合わせて俳句を書くということはありますけど、自分で発表するというか自分で新しい世界をつくろうと思って俳句をつくったことはそれからはないですね。

——のめりこんだのは五七五の言葉、あるいは書く気持ち、どのあたりがですか？

今、おっしゃったのは高度なことで、要するに自分の気持ちがあって、モチベーションがあって、やむにやまれぬものがあるんだというのは、そんなことは非常に高度なことであってね。アップアップしている人間が、そんなことを考える暇はないわけです。

じゃあ何が楽しかったかというと、みんなで集まって句会というのをやって、点のつけあいっこをするのがすごく面白いんです。ばくちと同じ。麻雀でも同じで、四人で戦ってだれがトップでというふうに。

ところが俳句というのはもうちょっと人数が多い。一〇人ぐらいで戦う。それで人に「アッ」

と言わせるわけですよね。五七五というすごく短い中で、みんなで題を出し合って、アッと言わせる。ぼくらの句会では、いい句には○を入れる、悪いのには×を入れるんです。邪道なんですけどね。すごく油断がならない。「今日は勝った」とか、「今日は負けた」とかいうことを毎日繰り返していたら、これが、けっこう面白かった。

勝つためにはたくさん俳句を読んで勉強しなきゃいけなかったし、人の知らない手を覚えなきゃならない。要するに、ずるい手を覚えるためにはいっぱい俳句を勉強しないといけないんですね。それから、発想も大事で、いつも枕元にノートを置いて、思いついたときにとにかく書く。書いておかないと忘れちゃいますから。そんなことをやっていた気がします。それがすごく面白かったです。

——それは物書きになるのに役に立ちましたか?

どうでしょうかねえ。物書きになるってのは、深刻な問題ですからね。小説家としては、役に立ってる部分と足を引っ張ってる部分と半々ぐらいなんでしょうけれども。ただ、自分というものは、多かれ少なかれそういうところから生まれてきたので、わたしをつくる非常に大きな要素にはなったでしょうね。

——言葉遊びで大人が集まって競い合うというのは、変わった人たちですね。

あのね、何が面白いかというと、発想力なんですよ。五七五でしょ。深いことを考える前に終わっちゃうわけですよ。ということは、発想の短距離走のダッシュを繰り返すようなもの。小説というのは、例えば、どんなに長い小説でも、ふつうだったら一〇や二〇ぐらいの発想で終わっちゃうわけです。ところが俳句を一〇や二〇も書くのはあっという間ですからね。ということは、わたしがふつうの作家と違うとしたら、ふつうの作家が一〇の発想を入れるところを、たぶん一〇〇ぐらい入れるんだと思います。一〇〇じゃなければ、ひょっとしたら一〇〇を考えておいて八〇ぐらいを入れるのかもしれない。あるいは七〇かもしれない。

要するに、そういうことをやっていると、「発想する」ということが日常生活になっているから、思いついたことを書き留める癖がつきます。紙の裏にちょこちょこっと書き留めておいたものをたくさん集めて、それで発想をつないでいくということをやります。それが、自分に影響を与えたんです。

面白いですよ。そのときの体調とか、あるいは何かに凝っているとか、そういうことで発想が変わってきます。発想だけは減らないで、やればやるほど悪のりして出てきますからね。

一〇〇のうち八〇ぐらいは使い物にならないんですよ。でも一割が使い物になるとすれば、一〇個に一個ぐらいのペースで使い物になるのも出てくるようになる。最初の九〇はだめなんですよ。で、もうへとへとになって次の一〇ぐらいから異様な発想が出てくる。そういう点からいうと、発想はたくさん出せば出すほど面白くなる。

句会も同じなんです。二泊三日の合宿をすると、みんな最初はつまんないんですよ。本当につまらない。最初は日常の発想をひきずってるのですけど、三日目ぐらいで八〇個から九〇個ぐらい出してくると、もう頭の中はスカーンと従来の発想が全部抜けてしまって、新しい発想がどんどん出てくる。「えっ？　おれってこんなこと考えてたの？」っていうのがみんな出てくるんですよ。

だから、今度の授業でそこまで行くかどうかわからないのですが、もしも子どもたちから従来の自分たちの気持ちからはぜんぜん思いもよらなかったものがポーンと出たら面白いだろうな、とは思う。

子どもたちの表情が出るような授業ができれば

――自分自身が驚いたことも多々あるんですね。

多々あるわけです。本人がいちばん驚くんです。自分が知っていることや自分が思いついたことを書いてる限りは面白くなくて、自分の手がフワーッて動いちゃったとか。例えば、右の句と左の句があって、つまんないなと思ってるうちに、こっちとこっちが混ざって、するとぜんぜん見たこともないような句になるとかね。だから、そういう楽しみがありますね。

――今回、子どもたちに俳句を教える楽しみは？

できるだけつまらないものをいっぱい最初にうわーっとつくっちゃう。下剤を飲んでお腹の中をきれいにするようなもので、山ほどつくるとスカスカになっちゃって、そこから奇妙な怪物的なものが出てくる。そこまでいくかどうか。

一〇〇つくるのは大変なんですよ。だから、合宿なんかのときはとにかく最初に一〇句ぐらいつくってもらう。一〇句でも相当頭の中がきれいになります。

――制限時間はどれぐらいですか？

三分ぐらいかなあ。だって最初の句なんかつまんないんだもん、みんな。

――今度の授業でもそれができたら面白いですね。

そうですね。やれたら面白いですけど、大変だろうなあ。しかも仏心がわいてきて。学生時代のゼミでは、そこにいくまでがすごく面倒くさいんですよ。体が温まるまでは、面倒くさい。だから、鬼軍曹《おにぐんそう》みたいな人が必ずいて、「もう、やめて寝ちゃおうよ」というところに「ダメだ！」って言う。「酒飲もうよ」っていうところに、「まだダメだ！」って。「三〇個ずつつくらないと、お酒飲んじゃダメ」とか、そんなことを言って、だれかが憎まれ役にならないとできなかった記憶がありますね。

――今回は、憎まれ役を？

憎まれ役ねえ。がんばって憎まれ役になりましょう。なれるかどうかわからないけど。

――小林さんが考える今の子どもたちとは？

今、いろいろと社会的な問題になってることもありますね。例えば一七歳の少年の、世間を騒がすような犯罪的なこととか。子どもって、どの時代でも悪いですよね。どの時代でも未完成品だし、さまにならない。子どもは子どもらしくっていうのは、いちばんいいケースであって、なかなか子どもらしく生きられないですよ。少なくとも自分のことを思い浮かべる限りは。

それで、今の子どもにとって大変だと思うのは、おそらく大人が多いことです。社会においても家庭においてもすごく大人が多い社会だから、今の子どもは、じつはすごく大人に合わせさせられているんだと思う。別に、同情はしませんけどね。それはそれでいいこともあるのかもしれない。

やっぱり押さえつけられているところは多いと思う。それで、ふだんいい子にしてる子がふっと切れちゃう。むしろ摩擦のある子のほうが、例えば大人にぶつかってきたりする子のほうが、どこまでやれば大人が怒るかとか、どこまでは許されてどこまでは許されないということを、肌で感じることが多いのでしょう。だから、反抗的な子だったりしたほうが、じつは人間が練《ね》れていたりする。

――小林さんは、子どもたちに教えた経験は？

大学を卒業してから三年間ぐらい、塾の先生をやっています。上野のあたりの塾でした。教えていたのがおそらく今度授業をするような小学校六年生を中心にして、五年生、中学校一年生あたりでした。そのころからもう二〇年ぐらいは経ってますから、子どもたちもたぶん変わってるだろうと思います。

自分の子どものころと今をつなげると、子どもたちはだんだん表情が見えないようになってきている。表情が見えるのは、おとなしい子どもじゃないですよね。

表情が見える子、要するにいやなら「いやだよ」って言える子どものほうが、サインが見えやすくてわかりやすくていいというのは、これは大人の論理なんだけど、やっぱり見えやすいってことがある。無表情の子どものほうが何を考えているかちょっとわからなくて、突然暴発するっていうことがあるけれども、今そういう傾向が強くなってるんじゃないかと思う。

今の子どものほうが、礼儀正しいですよね。ある種、自分をおとなしく見せる振舞いは確実にできるようになってはいるけど、人間なんだから、決しておとなしくなったわけではないと思う。だから、子どもたちの表情が出るような授業ができればいいのですけどね。それはまあ夢の夢ということで。

どうなるかわからないんだけど、句会というのは、やれば子どもたちにもたぶんわかると思うんです。先生が「この句はいいね」って決めるのではなくて、子どもどうしで点を入れあって、子どももどうしの人気投票で決める。そこらへんでゲーム性が強くなると思います。だから、こちらはあくまでフォロー役というか、例えば、うまく点が集まらなかった子どもの句にもよさを見つけてあげるとか、そんなことができればいいと思うんです。

短期決戦ですからね。どうすればいいんだろう。短期決戦でも二日つきあえば、二日目の後半のほうでは表情が出てくるんじゃないかと期待してるんですけどね。

俳句は、書いた瞬間もう自分のものじゃない

――「俳句はこういうもんだ」という小林さん流の面白い言い方は?

一人でも俳句は書けるし、それでいいと思えばいいんですけど、でも俳句なんて短いものじゃないですか。あれは、一人でじーっと見ていたら近眼になっちゃいますよ。自分だけでいいと思うようなものじゃないと思うのです。あんなに短くて人に与えられるということは、やっぱり受け取った人が、「あ、わかるよ」って言ってくれて初めて俳句だというところがあるわけで、自分で「これはすばらしいでしょ」って言っていてもしょうがないと思うのです。

だから俳句は、自分のものと考えると気が重くなっちゃう。書いた瞬間、もう自分のものじゃない。もう、みんなのもの。例えば服を選んだりあるいは好きな持ち物を選んだりするのと同じです。読むのはあっという間に読めますから、「これとこれ、いただくわ」というふうな形にすればいい。

例えば、消しゴムを買います。子どもはかわいい消しゴムを集めたりするのが好きですよね。あるいはノート。それで、好きな消しゴムとかノートをぱっぱっぱっと選ぶような感じで俳句を選ぶ。消しゴム自体は、芸術品かどうかわからない。ノートがどんなにすばらしくたって、ノートはノートですよ。俳句だってあんなに短い言葉の切れっ端なんだから、芸術とか文芸作品なんて思わない。それで、みんなが好きだと思っているうちに、「好きだ」という人がたくさん集まってくる。それが芸術まで格上げされたりする。その醍醐《だいご》味《み》ですよね。

俳句なんて言葉の切れ端が、一人の力で何かになると思うよりは、周りのみんなが「いい」って言ってくれたから、「ああ、いいんだ」と思って、自信が持てるようになる。そういうふうな文芸だと思うのです。「ワシのすばらしいものが、なんでわからないんだ」って言っちゃいけない。それを言ったらおしまいなんであって。だからちょっと他の文芸とは違う。

――子どものなかで優劣をつけるというのも今は少ないのでは？

うん。あのゲームは、絶対にルールがちゃんとしてないと面白くないんですよ。これは、句会をやるときはいつもそうで、必ず最初は思うんですよ。「人はわたしのものをわかってくれない」とか、「なんでこんなものがいいんだ」とか。でも、それを言ったらゲームが成り立たないんです。ではどうするかというと、みんなが点を入れたからいいものとは限らないですよ。みんなの目がおかしいときだってある。でも、それを言っちゃあおしまいで、やっぱり点が集まったらパチパチって拍手して、点が集まらなかったら、どんなに自分が傑作だと思っても、「チッ」って言って、「じゃあ、次の書こうか」と思うのが、俳句が上手くなるコツだと思う。

先生がいる句会は、あまり伸びないんですよ。だって、先生が「いい」って言わなきゃ、だれにも「いい」って言われないんだもん。二者択一でしょ。先生だけじーっと見て句会をやっていると、結局、広がりが欠けちゃうんですよね。先生だって一人の人間だから、趣味っていうのがある。じつは趣味には境界線があって、その外側だと、評価の内に入れないっていう人がいるんですよ。

　ところが、評価する人が二〇人ぐらいいてごらんなさいよ。たとえ変な句でも、五人か六人ぐらいは面白いと思ってくれる人がいるかもしれない。それで、六点ぐらい入るとすごく楽しいもんですよ。そういう感じを味わってもらえればいいなあと思うんです。

　それから、映像のゲームは氾濫《はんらん》してるけれども、言葉、想像力を働かしてやるゲームはいいものだな、と思ってくれるようなところまでいけたらいいですよね。映像のゲームはよくできてるし楽しいものだけど。頭ごなしに批判したくないけれども、やっぱり受け身ですから。

　句会というのは、自分が書かなきゃどうしようもない。人が出してくれなきゃしょうがない。出したところで、比べてみなきゃどうしようもない。比べたあとで選んでみなきゃどうしようもない。選んで採点して、点数出してみなきゃ面白くない。そういうゲームです。

　それを何回も繰り返すと、相手の人間が見えてくるんです。でも、誤解してもらいたくないのは、ほんとに人間の深いところが見えてくるのは、自分もその人も、頭の中が真っ白になって、自分の中に眠っていたような発想がぽーんと出てきた、こっちの人も出た、こういうふうにお互いに出たとき、もうちょっと深い理解が出てくる。

「おれってこんなやつだったのか」って自分を理解するのと同じで、わたしが「だれだれさんってこんな人だったのか」と、理解する。それはけっこう快感に近い。

――子どもたちに伝えたいことは？

ほんとに短くまとめれば、一つは言葉を使ったゲームの楽しみ。日本人は昔から言葉を使って、俳句とか短歌とかあるいはいろんな詩を使ってすごく遊んできた民族で、つい最近までそういうことをやってきたわけです。そういう楽しみ方があるんだぐらいは覚えておいてほしい。それはゲームをやるのと同じぐらいすごくエキサイティングなもので、決して伝統芸能ではない。ほんとに生き生きとしたゲームとしてできるんだよっていうのが一つ。

あともう一つは、言葉というのは与えられたものじゃなくて、自分で使えるもの、使い勝手があるものということ。俳句は紙と鉛筆があれば遊べるゲームなんだから、身近なものだけでも遊べる。言葉で遊べるということを覚えてもらいたいですよね。「日本人なら」というのは大げさですけども、君もできるっていうふうに。

作者の解釈がいちばんつまらない

——自分の句で好きなものは？

「恋人よ草の沖には草の鮫《さめ》」。「恋人よ」は呼びかけでしょ。横にいる人に対してですね。海の沖というのは一般的な言い方ですけど、「草の沖」というのは、遠くのところ、例えば枯野《かれの》の沖っていうような言い方もあるし、野原の沖とか、そういうところ。草がダーッと生えているところで、草の沖の方。向こうの方にはたぶん草の鮫がすんでいるんだよというふうな。「草の鮫」は草がなびいている風景が基本なんですよね。草がバーッとなびいていればその中に動きの速い生物がいそうじゃないですか。だからあまり甘い句じゃないんですよ。「恋人よ」と呼びかけているんだけど、「草の鮫」という言葉がよく出たなと、自分では思ってるんだけど。

——俳句って、小林さんが思っているのとはぜんぜん違う解釈もできる？

そうです。「作者の解釈がいちばんつまらない」っていうぐらいで。他人が解釈すると、作者よりももっと広がります。だから、俳句は自分で解釈しちゃいけないんです。なんでこういう発想ができたかは作者の頭のなかにありますから。

例えばね、いちばんつまらないのは、いろんな解釈をしてあげて、「すばらしい句じゃないですか」って言ったら、「いやあ、わたしはそんなこと考えなくて、こういうふうなことを考えたんですよ」って、それさえ言わなきゃ名句なのにっていうのはよくあります。

だから人がいい解釈をしてくれたときは、練れた俳人というか本格の俳人は、「ありがとうございました」ってパッと言いますよね。「おかげでいい句になりました」って。

得々と言っちゃいけないんですよ。自分で言うとね、ちょっと恥ずかしかったり逆に自画自賛になったりであんまり格好よくないですよ。人が心から褒めている批評って、やっぱり聞いていていいし。

授業ではどうしよう。惨敗するのがいやなの。だってねえ、子どもたちと戦って勝てるわけがないですからね。「お前らにはワシのいい句がわからんのか」って言えるような大人に早くなりたいですよね。でもそれは嘘であって、やっぱり子どもたちと同じレベルになって同じように書いて、それで勝負しなきゃいけないんですよね。それをやるのは大変だな。大サービスでやるかも。

授業❶

俳句って何?

授業の前夜、緊張で眠れなかったという小林さんは、子どもたちの顔と名前をしっかりと覚えての登校だった。

自己紹介として、猿楽小学校時代のことや俳句との出会いを語った。

出会いのきっかけとなった小佐田先生のことを楽しげに紹介し、そして子どもたちへの俳句との出会わせかたにも、どこか小佐田風の雰囲気が漂っていた。

俳句の約束事の一つである「季語」について、「夏」の季語を子どもたちが順々にあげていくことで授業は始まった。

自己紹介・俳句との出会い

小学校時代のこと

小林　拍手されるなんて何十年ぶりかの経験だよ。じゃあ、始めましょうか。

一生懸命みなさんの名前を覚えてきました。席順表で覚えたので、今ここから見て、だいたいはわかる。昨日はちょっと緊張して寝られなかったんで、ずっとみなさんの顔写真が載った表を見て、名前とあだ名を覚えてきた。今朝、校門に来たら、「あ、ののちゃんがいる、あくちゃんがいる。あ、井上さんがいる」、というふうにわかりました。

わたしの名前は、小林恭二といいます。職業は小説家。もう一六年ぐらい小説を書いています。

このクラスにはわたしと同姓の小林諒《まこと》君がいるなあ。それで、諒君の同名には松原諒君もいるなあ、と。同じ字だなとか、いろいろ昨日は思ってました。

先生は、もう三十何年前にこの猿楽小学校に入学しました。ここには三年間いました。小学校一年と二年と三年。だから、みなさんみたいに大きくなるまでいたわけじゃありません。小学校四年生のときには神戸へ行って、五年生で神戸のまた別の町に転校して、中学校一年生のときに、宝塚というところに移りました。

猿楽小学校にいた三年間は、成績はそんなに悪かったわけでもないのですけど、とにかくあんまり出来のいい生徒ではありませんでした。当時は通信簿は、「12345」と五段階評価で、真ん中が「3」です。わたしの通信簿はだいたい3がずーっと並んでいて、ときどきアクセサリーで2がある。333233233ぐらいの感じで。悪いからといって自慢できるほどじゃないですけど、あまりいい通信簿じゃなかったです。

もっともよくないのは、通信簿に先生に書かれたことですね。「いつも授業中にうるさい。集中力がない。授業をしてると他の生徒の邪魔をする」と、たくさん書かれていて、テレビのスタッフの人たちは、それを見て大笑いしてましたけど。

猿楽小学校のときは、ほんとにびっくりしているだけの子どもでした。だって、生まれて初めてですよね。まあ、みなさんだいたい生まれてくるのも初めてだと思いますけど。それで小学校に上がって、何やっていいかわからないまま、こういうふうな教室入れられて。自分でね、遊び回りたいのに押さえつけられて、というふうなことでしたから、あたふたあたふたしてるうちに小学校の三年間が過ぎてしまったように覚えています。

大学のゼミで俳句を覚えた

小林　これから二日間、いっしょにやっていくのは、俳句という文芸です。俳句というのは、これから説明していきますが、先生は俳句のプロ、俳句を書く人じゃないんです。「俳句を書け」と言われれば書けますけど、書くのはあんまり得意じゃないし、面倒くさい。むしろ人の書いたものを読むのが好きです。人の書いた俳句だったら、どんなものでもけっこう読みます。

だから子どもたちの書いた俳句や、いろんな人の書いた俳句を読むのは、とっても好きです。先生は、みなさんの書いたものをきっと大喜びして、手を打ったり大笑いしながら読むと思います。いつもそうやって読んでいるのです。

先生が俳句を覚えたのは大学に入ってからでした。やることがなくて暇だったからです。大学でどんな授業を取ろうかと思っていたときに、大学にはいろいろ難しい学問があるのですが、その中に、ただ「俳句」って書いてあるゼミがありました。ゼミというのは少人数の授業のことです。

それまで俳句はつくったことはありませんでしたけど、俳句のことはもちろん知ってました。五七五でやるんだ、と。数学とか物理学とか、とっても難しい理科系の学問のところに、なんだか知らないけど、その「俳句」というゼミが入っていました。俳句って日本の言葉で書くものですからね。なんで自然科学のところに俳句があるのかと思いました。とても不思議でした。

それで、とりあえずそのゼミをのぞいてみようと思って、その教室に行ってみたんです。そしたら、ほかのみんなも不思議な気持ちでいたんでしょうけど、たくさんの人たちが集まっていました。

そこに、小佐田哲男《こさだてつお》先生という先生がおみえになりました。みえられたとたん、ほんとにびっくりしました。顔がとても変わってるんです。ほんとにあんなに変わった顔の先生は見たことがありませんでした。なんかカエルを押しつぶしたような顔でした。でも、ヌメヌメした感じじゃなくて、もっとからっとしていて、目も鼻も口もはっきりした顔の先生でした。

それで、「これはすごい。大悪人か、もしくはものすごく立派な大聖人か」と思いました。本当にすごく迫力のある顔だったんです。その方が教室に入ってきて、ニコニコって笑って、「じゃあみなさん、俳句やりましょうか」って。そう言われても、ぜんぜんわからなかった。先生の自己紹介もなかったですし……。

小佐田先生は、「今日は晴れてますから、外を歩きましょう」と言って、それでみんなも歩いた。初めての授業だから、その先生がどんな先生かはわかりませんからねえ。ただじーっと黙って歩いていただけでした。それで、「俳句を一句つくってきてください」って言われて、俳句になるようなものはないかなあと思って見わたすのですけど、そのときはぜんぜんつくれませんでした。

初めてつくった俳句

小林　とにかく俳句は五七五。「古池やかはず飛び込む水の音」とか、あるいは、「菜の花や月は東に日は西に」というふうな、一七文字ぐらいでつくるということは知ってましたし、俳句の中に季節を表す言葉を入れるということも知っていましたから、なんとか五七五をつくろうと思いました。

でも、初めてというのは難しいものですね。そこら辺に寝転がって、一所懸命つくろうとするわけですけど、ついにつくれなくて、時間いっぱいになったとき、目の前にタンポポが咲いていたので、「できねえや！」って、二〇歳ぐらいですから、目の前のタンポポをぎゅっと握りつぶしたんです。そのときに、「おっ」と思って。それで、生まれて初めての俳句を書きま

した。（板書する）

「たんぽぽをにぎりつぶしたその手かな」

こういうふうな感じでした。ただそれだけの句でした。それが、わたしが初めてつくった句です。

そうして、みんなが書き終わって、教室に帰ってきて集まった。みんなは教室の黒板に自分の句を一句ずつサーッと書いて、そのあと、どの句がよかったかという人気投票をするんです。それを句会といいます。みなさんも、それをこれからやることになります。

これから二日間、みなさんが自分で句をつくって、黒板に書いて発表して、それで、自分の句以外のどの句がいいかを選んで投票します。そうすると、まあ学級委員選挙みたいになるわけです。でも学級委員選挙と違って、すごく点が割れます。

先生は初めてこのたんぽぽの句をつくって出しました。そのときクラスには三〇人ぐらいいて、しかも一人三票か四票ずつ入れたんだと思います。にもかかわらず、わたしの句には一点も入らなかったのです。「あーあ」と思いました。「みんなは見る目がないんだから、こんな授業、やめちゃおう」と思いました。

最後に小佐田先生が選ぶのですが、もし先生が自分の句を選んでくれたら、この授業に残ろうと思いました。「あの先生、あんな変わった顔してるんだから、きっと自分の句を選んでくれるに違いない」と思ったんです。

先生は「あ、この句はいいですねえ」とか言いながら、二重丸とか三重丸をつけていくわけです。それで、わたしの句の前に先生が立ったとき、どきどきしました。きっと二重丸か三重丸をつけてくれると思ってたんですけど、さっと通り過ぎた。いちばん最後までいって、「……というのがわたしが選ぶ選です」とおっしゃられました。

わたしは俳句に才能がないし、もう二度と俳句なんかつくることもないだろうと思いました。この授業に出るのは、もうやめようと思いました。大学の授業は選択することができるので、出たり出なかったりすることができる。ですから、もう出ることもないと思って、悲しい気持ちで帰りかけたら、先生が戻ってきました。わたしの句だけが一点も入っていなかったので、きっとかわいそうだと思ったんでしょうね。「この句もまあまあ俳句みたいな格好してますねえ」って、「でも選ぶほどのものじゃないですけど、まあ選外佳作」。要するに次点というのかな。選びはしないけど、その次ぐらいの俳句にしましょうと言って、ちょっとチェックをつけてくれたんです。

そのときは、嬉しかったですねえ。最初つくったとき、「おれは大天才だ」と思ったんだけれど、ぜんぜん人気投票に入らなくて、もうがっかりしていたんです。だから、ほんとに嬉しかったのを覚えています。それから俳句にのめり込んで、四年間、大学で俳句ばっかりやってました。

でも、大学を卒業すると同時に、小説のほうに変わったので、俳句からは離れました。けれど、その後もずっと俳句とは縁が切れないで、俳句の本を書いたりしています。

これが先生の自己紹介です。

季語を考えよう

夏の季語

小林 では、これから俳句をみなさんにたくさんつくってもらうのですけど、最低限、これだけはちょっと知っておきましょうということを、説明していきたいと思います。

まず、俳句というのは、字数が五・七・五。全部足すと一七文字ぐらいになる。それより増えてもいいですよ。また、少し減ってもいい。それぐらいでできるものだということをまず覚えておいてください。

あと、もう一つ。俳句には、（板書「季語」）季節を表す言葉を一つ入れてください。ほんとは入れなくてもいいんですけど、でもそれがふつうのつくり方です。ただし、季節を表す言葉がわからない、何がそういう言葉なのかわからないかもしれませんから、今から、どんどん季語を見つけていく作業をしなきゃいけないんです。

今は夏です。夏の季語、夏の季節を表す言葉を、今からいくつか黒板に書いていきます。それをノートに書いておいてください。その言葉を使ってもいいですし、使わなくてもいい。

まず夏の季語でいちばん簡単なものは、「夏」そのもの。「夏」って言葉が入ってると夏の季語が入ってるということになります。当然ですね。

それから、「五月」。俳句の場合、夏は五月から始まります。今と比べて、季節がちょっと早いんです。俳句の場合、夏は五月と六月と七月です。この三か月間を夏といいます。

初夏《しょか》。夏のいちばん初めのことを初夏といいます。いい言葉だな。今日から夏が始まるという日のことを知っている人はいますか？

「今日から夏です」という日があります。その年によって違いますが、だいたい五月の六日ぐらいに来ます。その日のことを「立夏《りっか》」といいます。五月の六日ぐらいになると、「今日から夏ですねえ」「今日は立夏です」なんてことをニュース番組でよく言っていたりします。

五月は、今の感覚から言えば、まだ春ですけどね。そして、五月六日から、五月、六月、七月ときて、夏が終わる。

それで、すごく気が早いんだけど、夏が終わって秋が始まる日があります。これを、「立秋《りっしゅう》」といいます。これも年によって違いますが、だいたい八月の八日ぐらいかな。その後は秋ということになります。この間が一応夏ということになります。

いろいろと夏の季語はあるんですけれど、みなさんがこれを見ると夏だなあと思うとか、夏というと連想する言葉を、一つずつあげていってください。みなさんが思っているよりははるかに多くの夏の言葉があるので、ちょっと季語を探してみましょう。

では、順番にいきましょう。夏を思い出す言葉、あるいは夏というと思い出す言葉をあげていってください。一回きりでなく、順番が何回もまわってきますので、あらかじめたくさん考えておいてね。

一つずつ順番にあげていく

朝川　アジサイ。

小林　当たり。アジサイは夏だよね。これは特に今ごろの季語です。アジサイはもう、今時分の代表的な季語です。

井上　梅雨《つゆ》。

小林　梅雨も季語だねえ。このころに梅がたくさん実るから、梅雨。これも今ごろの代表的な季語ですね。

　ヒントを言うと、夏は暑いじゃん。だから例えばクーラーとか氷とかさ、プールとかは全部夏の季語になるんだよ。

岩崎　風鈴《ふうりん》。

小林　風鈴とは、渋いところばっかり来るね。ちりんちりんって鳴るやつですね。夏の季語です。

大津　セミ。

岡安　スイカ。

小林　大季語！

神山　ヒマワリ。

加山　かき氷。

小林諒　プール開き。

芹川　チューリップ。

小林　チューリップは春かな？　ちょっと待って、（小林さん、季語辞典で確かめる）たぶん春だと思うな。やっぱり春だ。他には？

坪上　花火。

松原　麦わら帽子。

渡辺　スイカわり。

阿久根　海。

小林　海は一年中あるんだよ。海に何かつけたら季語になる。

阿久根　海水浴。

小林　そうなんだよ。例えば花火だって一年中あるけどね、夏がいちばんメインだよね、いちばん夏らしいよね。

井上　七夕《たなばた》。

北川　花火大会。
関根　青空。
小林　青空。残念だなあ。空は一年中あるんだな、青空にあるものは？
関根　入道雲。
小林　入道雲は、やっぱり夏じゃないとね。
野々山　うちわ。
和田　天の川。
小林　天の川。たぶん夏の季語だな。もちろん夏の季語だよな。こんなところで間違えたらはずかしい（調べる）。先生、苦手なんだよね。本当は何千何万の季語をばちっと覚えてなきゃいけないんだけど。ごめん、天の川は秋だった。危ないところ。なんで秋かというとね、天の川は夏の印象が強いんだけど、星って秋にきれいに見えるじゃん。だから星に関する季語は、「星空」とか「星」とかはみんな秋の季語に入ってるんだ。
朝川　お盆。
小林　ごめん、「お盆」もだめだ。だってお盆は八月一五日だよ。さっき、夏は八月の八日ぐらいまでだって言ったでしょ。残念でした。
井　ヤマツツジ。
小林　ヤマツツジは……（調べる）春かもしれないけど夏かもしれないなあ。ごめん、ヤマツツジは春だ。
井上　五月雨《さみだれ》。
小林　五月雨は大丈夫だろうな。五月だから大丈夫でしょう。
岩崎　ひやしそうめん。
小林　そうめんってだいたい冷たい。まあ、もちろんそうですね。
大津　サンダル。
小林　サンダル。たぶん夏の……（調べる）。サンダルはないけど、認定しましょう。夏の季語として認定。あのね、「白い靴」っていう季語があるんだ。夏になると白い靴をみんなはくっていうんだけど、最近ははかないから、サンダルでもいいでしょう。
岡安　アイスクリーム。
小林　アイスクリームはもちろん夏！　アイスクリーム、アイスコーヒー、アイスティー、全部入るね。もう言っちゃうとさ、コーラとかビールとかは全部夏の季語だね。
神山　うきわ。
加山　ビート板。
芹川　甲子園。
小林　甲子園は、春もあるじゃん。残念だねえ。
芹川　じゃあ、カブトムシ。
小林　カブトムシ。当然、と言いたいところだが大丈夫かな。（子どもたち笑い）
（調べる）大丈夫だと思うんだけどさ、ときどき八月の末ぐらいに入るものがあるから、違ってたりする。あ、夏だ！
坪上　ゴールデンウィークは違う？
小林　五月六日は、もうゴールデンウィークは終わってるなあ。残念だねえ。
松原　浴衣《ゆかた》。
渡辺　扇風機。
井上　水着。
北川　サーフィン。
関根　夏休み。
小林「夏休み」には「夏」が入ってるから、当然、夏休みは季語だよね。あと「林間学校」とか「臨海学校」とかも入ります。
野々山　カタツムリ。
小林　カタツムリも夏だね。六月にいるもんね。
和田　扇子《せんす》。
小林　はい、これで二巡しました。だいたいこんなもんかな。本当はもっと山ほどあります。例えば、食べ物でいうと、ちょっと意外なところでは、ウナギとか。
子どもたち　ウナギ？

小林「土用《どよう》のウナギの日」なんて知らないかな？「土用」というのは七月の何日ぐらいだったかな……。昔、平賀源内《ひらがげんない》という人が「夏になると暑くて、ウナギみたいなギトギトしたものを食べるのがみんないやになるから、ウナギが売れないんですよ。それでなんとかしてくださいよ」って、ウナギ屋さんに頼まれたんだよね。「じゃあ、『土用ウナギ』というキャッチフレーズをつけて、夏は暑くて体力を消耗するから、エネルギーをつけましょう。それで、むしろ暑い最中にウナギを食べましょう」って言ったんだよね。

あと、お寿司《すし》も夏の季語。暑いと、さっぱりしたものが食べたいよね。もちろん、ゼリーとかアイスキャンディー、アイスコーヒー、ラムネ、レモンスカッシュ、コーラ、かき氷。あ、噴水なんていうのもあった。水がバーって上がってると、夏っぽくて気持ちいいでしょ。そういうのも季語なんだよね。クーラー、蚊取り線香、ヨット、ボート、登山、キャンプ。あと、「泳ぐ」なんてのも季語だよ。これなんかは今からみなさんが俳句をつくるとき、けっこう使えるんだよね。「泳ぐ」という言葉がどんな形でも入っていれば、季語になります。あと「裸」とか。暑いから裸になる。Tシャツも季語だな。別に夏じゃなくても着るけど、やっぱり夏になると暑いからTシャツを着ることが多いもんね。

実際にこの季語辞典には、「Tシャツも季語であろう」って書いてある。これは二〇年ぐらい前のものなので、実はこの辞典で認められているのは「白シャツ」までなんです。白いシャツ。でも二〇年経っていますから、今度新しく出たものには間違いなくTシャツは入っていると思う。

あと、アマガエル、ヒキガエル、トカゲ、ヘビ、ツバメの子、カラスの子、アユ、ヤマメ。それから、野菜はほとんど夏の季語です。覚えておいてくださいね。ピーマンも夏の季語。

ちょっと黒板に書こうか。野菜にはどんなものがあるかな？　ピーマンの他に？　ナス、キュウリ、トマトもそうだね。トウモロコシ？

トウモロコシは夏の季語だっけ、たぶん夏だと思うんだけどねえ。こういうところは急に自信なくなったりする（調べる）。ごめん、トウモロコシは秋だった。今は一年中あるから何となくわかんなくなるけどね。スイカ、メロン、ここらへんはみんなそうだね。

レタスもそうじゃないかと思うけど、キャベツもそうだよ。夏みかん、当然。でも、夏みかんが実るのはもうちょっと早かったりするんだよね。今、レタスって出たっけ？（調べる）ニンジンはどうかなあ。ニンジンはちょっと自信がないなあ。

あ、レタスは春だ。グリンピースはたぶん夏じゃないかなあ。もう、いちいち調べるの、面倒くさくなってきた。最後にグリンピースだけ調べてみよう。ソラマメなんかも夏の季語ですね。ごめん、グリンピースは載ってないや、なんでだろう。グリンピースは青豆、エンドウかな？　たぶん夏だと思うんだけど。サクランボは夏だろうね。

授業②
俳句入門

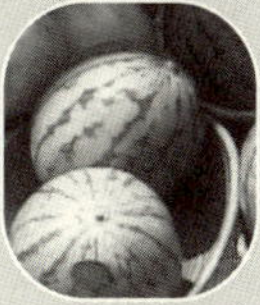

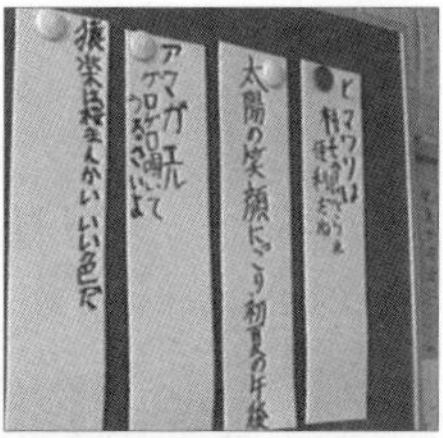

授業が行われる前の準備として、あらかじめ小林さんから子どもたちに、「とりあえず俳句を一つつくってくること」という宿題が出されていた。

その宿題の句を、小林さんは一句一句読み上げながら、ていねいなコメントを加えていく。そのなかで、「俳句とはこんなものなんだ」と、実例にそってわかっていける授業になった。

そして次に、子どもたちは実作のための「吟行《ぎんこう》」を初めて体験する。

宿題でつくってきた俳句

俳句の成り立ち

小林　それでは、みなさんに出しておいた宿題をやりましょう。（短冊を子どもたちに配る）短冊に自分の名前は書かなくていいよ。宿題でつくってきた俳句をその短冊に書き写してください。書けたら、前に持ってきて出してください。（子どもたちが持ってきた短冊をチェックする小林さん。そして、その短冊を黒板に貼《は》り出していく）

では、一句一句、先生が解説していきます。その間に、「俳句とはこんなもんだ」とまず覚えてくれればいいなあと思います。

その前に、ちょっと簡単に俳句の成り立ちをお話しします。

俳句というのは、すごく短いですよねえ。こんなに短いものがなんで詩になるのか、みんなはあんまり不思議に思わないかもしれないですけれども、先生はとても不思議に思ってました。こんな短い言葉で詩がうまくできるのは、ちょっと嘘みたいな話だ。

もともとは、長い文芸でした。たくさんの人が集まって、最初は五七五、「たららら～」と詠《よ》む。次の人が七七で「たたたたた～」と詠みます。そして、また次の人が五七五、次に七七という具合に、ずーっと続けていったんです。もともとは、ものすごく長い物語をこれでつくっていたのです。

そのときにいちばん最初の句をつくるのは、リーダーの役割でした。みんなで集まってゲームのような句会をして、いろいろ長い詩をつくろうとするとき、リーダーは、いつもいちばん最初の句だけは自分で持って歩いているわけです。それをみんなに見せて、「こういう句ができました。ここから話をつなげていってください」と言いました。そういう遊びだったんです。

ところが、いちばん最初の句を持っている人がみんなにその句を見せると、「これはすばらしいですね。最初の五七五だけで芸術じゃないですか」という考えが出ました。これが俳句のスタートです。本当はものすごく長い物語だったんですけど、いちばん最初のものだけが独立しても味わえるんじゃないかと思ったのが俳句でした。

だから、いい俳句というのはどういうものかというと、「これから物語が始まるよ」っていう感じがある。「なんかこれから非常に大きな物語が始まるんじゃないか」と思わせるようなものがいい俳句になります。

それから、それを見てるとなんだかよくわからないんだけど、想像力がわいてくる。「これからどうなるんだろう?」という謎が残るものも、いい俳句だと思われるようになりました。だから、いい俳句というのはいつもそうなんですけど、読んでみると、すぐにはピンとこないんです。「なんだろう、これは?」と思うようなものがいい俳句なんです。読んだ瞬間にサッとわかるような俳句よりも、「あれ?」って首をひねるようなものにいいものが多いのです。ですから、これからみなさんが俳句をつくるときは、読んでパッとわかるより、「え? どういうこと言ってるんだろう」って、ちょっと首をひねるようなものをつくると、先生は喜びます。

宿題の句を読む

小林　では、やりましょう。まず、先生が一つひとつ読んでいきます。

ひまわりは種も食べられ便利だね

面白い句です。ヒマワリは種も食べられますよね。それで油も採れます。しかも「ひまわり」っていう夏の季語も入ってます。なかなか面白い。でも、「ひまわりは種も食べられ」、ここまではすごく面白いのですが、「便利だね」って答えを言っちゃうと、「あれ？　ひまわりは種も食べられってどういうことなんだろう」と首をひねるところが失われます。「ひまわりは種も食べられ」のあとにぜんぜん違うものを置くと、「これから物語が始まるんじゃない？」という予感がするわけです。

みなさんはこれから俳句をつくるわけですけど、なんか見た瞬間、ちょっと首をひねって、これからどうなるんだろうかと思わせるようなものをつくると、広がりが出てきます。でもこれはいい句です。作者はだれでしょう？　神山君。こうやって作者を明かしていこう。

太陽の笑顔にっこり初夏の午後

これは俳句としてできている感じがするなあ。初夏というのは、だいたい五月の最初のころだと思います。「はつなつ」なんて言い方もしますけどね。五月の最初のころっていちばん太陽がきれいな季節で、そのときに太陽がにっこり笑ってるように見える。とてもきれいな句だと思います。これはもう、文句の言いようがないです。作者は関根さん。

アマガエルゲロゲロ鳴いてうるさいよ

奇妙な味の句だねえ。アマガエルというのは、今の季語です。ちなみにカエルというのは春の季語なんですね。なぜかというと、カエルは冬眠しますから、春になると穴から出てくるんですね。ですから、カエルは春の季語になります。でもアマガエルは夏の季語、今ごろの季語です。そして「ゲロゲロ鳴いてうるさいよ」。アマガエルはうるさいほど鳴くか？　ケロケロって鳴くのかな、でも面白い。作者は神山君。

　猿楽は桜まんかいいい色だ

猿楽小学校ですよね。俳句では、ご当地を誉めた句のことを、俳句の用語で「あいさつ句」といいます。「自分の土地はすばらしい」とか、「あの人はとてもすてきだ」っていう句を「あいさつ句」といいます。

これは、猿楽町という町や小学校を誉めている句で、そういう意味ではとてもいいあいさつ句です。「猿楽は桜まんかい」。「桜」は春の季語ですね。「いい色だ」。素直なあいさつです。作者は芹川君。

　砂はまで日焼けした顔まっくろだ

これは夏ですね。季語は「日焼け」。「砂はまで日焼けした顔まっくろだ」、そのとおりです。いい句ですけれども、先生なら少しだけ変えます。「砂はまで日焼けした顔まっくろだ」って、日焼けすれば黒くなりますから、なんかそこでちょっと違うものにポーンと飛ぶと、謎が出てきて面白い。もうちょっと飛びたいところですが、面白い句です。いかにも夏っていう感じ。作者は井上さん。

聞いてみて耳をすませば風の音

かっこいい句ですね、これは。風の音に耳をすましているという。なんかニヒルな感じの雰囲気で、とてもいい句ですが、こういう句は季語がほしいところかな。例えば、簡単に直せばだよ、「聞いてみて耳をすませば夏の風」、とかさ。今は梅雨だから、「聞いてみて耳をすませば梅雨の風」、というふうにすると、季節感が一瞬にして出てくるんですよね。季節感が出てくると、句の広がりがすごく増します。季語というのは季節が見えてくる、フワーっと世界が広がる、というすごくいいところがあります。

春の風、すがすがしいな、この気持ち。

すがすがしいよね、春の風。春っていうのはいちばん気候がやわらかくて、とっても気持ちのいい季節です。春の風が来るととってもすがすがしい。その気持ちを言っているという素直な感じが出ていますね。ただ、ちょっと気になったのは、俳句ではあんまり句読点は入れないほうがいい。点とか丸は入れなくてもいいんじゃないかな。作者は岩崎君。

都道府県すべて暗記はむずかしい

これは面白い。季語はありませんけどね。いきなり「都道府県」っていう出方がちょっと俳句っぽくなくて面白いです。「すべて暗記はむずかしい」。これは面白いです。本当にそのとおりだから。でも、「都道府県すべて暗記して夏の午後」とか、季語を入れたほうがいかにも「夏の午後、苦しんでるなあ」って感じがして違う広がりが出ます。

この句でちょっと思い出した句があります。西東山鬼《さいとうさんき》という昭和の大俳人の句ですが、「算術の少年しのびなけり夏」。「夏で算数が解けないなあ」って泣いている子の句です。「都道府県」の句も味のある句で、夏の季語が入ると西東山鬼に近づいたかなあと思います。「算術の少年しのびなけり夏」は名句です。作者は井上君。

雨の日はカエル喜ぶ水たまり

これは、このまま見れば梅雨の句なんですが、季語ってあんまり難しく考えなくていいんだけど、カエルは季語としては春なんだよ。でも、こういう句は、難しい言い方すると、俳句では「季感がある」と言います。季語は違うんだけど、季節感がある。だからこういう句は、俳句の先生なんかに見せると、「季語はカエルで春の句なんですけど、季節感は、これはやっぱり梅雨ですね」ってなことを言うはずです。梅雨の季節感がある。これはまさにそんな句でした。ただ、ちょっとどこか削りたかったね。「雨」と「カエル」と「水」ってのはちょっと近すぎて、もう少し違うところにいけるようなものが出ると……。作者は阿久根さん。

さくらんぼ外見だけはおいしそう

食べてもおいしいんじゃないか？　まずいのもある？　「さくらんぼ」は夏の季語です。「外見だけはおいしそう」。ちょっと屈折してますが、作者は井君。季語は入ってます。

八ケ岳一面に咲く山ツツジ

これはきれいな句です。実際、八ケ岳《やつがたけ》は春になると山ツツジが一面に咲くんじゃないかな。

本当に見たとおりの素直な句です。作者は連続で井君。とても素直な、風景が思い浮かぶような句です。

雨の日にあじさいさくよきれいだな

季語は「あじさい」。この句はいい句ですけど、わたしだったら「きれいだな」を取っちゃうかもしれません。それで、もうちょっと広がりを見せようとすると思います。さっき言った、もともと俳句というのは難しい言い方をすると「発句《ほっく》」といいまして、「新しい物語がこれから始まるよ」と、なんかその中に収まりきらない何かが……。作者は朝川君。

六月は雨がたくさんたいくつだ

小林君ですか。季語は「六月」です。参考までに、六月は旧暦の、昔の日本人が使っていたカレンダーでは、水無月《みなづき》といいます。こういう言葉を使うと、とたんに俳句っぽくなります。雨がたくさんなのになんで水無《みずな》し月か、みんな疑問に思うところですけど、昔はカレンダーが今より一か月半ほど早かった。だから、昔の六月は今の七月の半ばぐらい。「水無月は雨がたくさんたいくつだ」にするとかっこいいかなと思いますけど。

冬の日はくまさんたちはお休みだ

冬はクマが冬眠するからお休みだという。そのとおりで、しかもかわいらしくつくってある。ただ、これはちょっとルール違反かもしれないけど。「くまさんたちはお休みだ」で、季節は冬だなってわかると思う。「冬の日は」を他のものに変えたほうが。

要するに俳句ってすごく短いですから、言葉をけちってけちってできるんです。それで、いろいろなものをたくさん入れるわけです。すると、どんどん広がりができる。作者は渡辺君。

桜さく冬が去ったら春が来る

変わってるなあ、この句。「冬が去ったら春が来る」ってまあ、当然のことを言ってるんだけど。上で「桜さく」って言っているのが、なんか変な言い切りだなあ。桜咲いたらさあ、冬が去ったら春がくる。当然なんだけど俳句としてはちょっと面白い。季語でいえば「桜」は春の季語で、「冬」は当然冬の季語で、春がきてるわけですから、季語がバタバタしすぎると俳人たちは言うんですけど、でも、ちょっと変な言い切りで面白いです。

俳句の季語で「冬来たりなば春遠からじ」なんてのもあるんですけど、ちょっとそれが使われているかなあ。面白い。作者は松原君。

ひまわりはたねがあるほど元気だよ

「ひまわりは種も食べられ便利だね」「ひまわりはたねがあるほど元気だよ」。なんか似ているなあ。ひまわりは種があるほど元気なんだな。一つ勉強になりました。作者は芹川君。

夏の雲水平線を逆上がり

これは、できた句だねえ。これは文句の言いようがない。大人の句会に持っていっても、ちゃんと選んでもらえるようないい句です。水平線が海の遠くまで見えている。海辺の風景ですね。それで向こうの方に水平線沿いに雲が見えている。それがまるで逆上がりしているように見えた、そういう句だと思います。

この句がすごくいいのは「水平線」ってパッと出してますから、風景がとっても大きいです。海辺にいて水平線の方まで見えている。遠くまで晴れわたってる。それで遠くの方に夏の雲があって、それが逆上がりをする。ちょっと動きがあってね、これはできた句です。あらゆる意味でできた句です。風景が大きいのと距離感が気持ちいい、逆上がりが気持ちいい。しかも

「逆上がりってどういうことだろう？」って、ちょっと悩むところもある。作者は和田さん。

梅雨入りだ青いあじさいクリスタル

青いあじさいがクリスタル、水晶のイメージに見えるという感じだけど、梅雨というのは今ごろの季語だよね。あじさいも今ごろだよね。勝手な理屈なんだけど、俳句では季語が二つ入るのをあんまり好まないんです。要するに「せっかくこんな短い文芸なんだから、もったいないじゃない」っていうこと。たった一七字しかないから、言葉をけちってけちってつくるのが、俳句なんです。でも、「青いあじさい」ってとってもきれい。まあ俳人だったら嫌うかもしれない。しかし発想はいい。作者は同じく和田さん。

かまくらをもし作れたらうれしいな

「かまくら」というのは、青森県だったか秋田県だったか。雪をガンガン固めて、レンガみたいにして、それを一つずつ積み上げていく。

小学校二年生ぐらいのときに、鶯谷《うぐいすだに》住宅に住んでいた。たぶん君たちぐらいの年ごろの子がリーダーになって、雪をたくさん集めさせて、だれかが箱に押し込んでレンガをつくりました。

つくるのに一日かかった。でも溶けるまでに一週間ぐらいはもちました。東京ですからね、雪はすぐ溶けちゃうんですけど、箱に詰めてレンガみたいにするとできるんです。そんなことを急に思い出しました。あれもかまくらの一つでしょう。だからつくれると思う。作者は加山君。

家の庭びわがいっぱいおいしそう

ビワは夏だと思うんだけど……（調べる）。ビワは夏でした。ビワの実ってものすごくいっぱいなるんですよね。おいしそうなもんです。作者は小林君。

小林君の家は一戸建てなの？　すごいね。あまり不吉なこと言いたくないけど、ビワっていうのはものすごく大きくなって、ものすごく繁るので、ビワの木があると、ごめんねこんなこと言っちゃだめだけど、病人が出る（笑い）。なんでかというと、本当にたくさん繁って、生命力が豊かだから家が日陰になる。だから病人が出るということじゃないんだけど、それほどすごいということ。だから、これは呪いの言葉というよりは、ビワの木ってのはそれほどすごいんだということを言ってる。

みんなでね最後の年をがんばろう

これは、スローガンだな。がんばってくれ！　作者は北川さん。

わたしたち猿楽小にかよってる

そのとおりだ。これはね、上の「わたしたち」を削っちゃって、季語を入れたほうが面白いかもしれないね。例えば、なんでもいいんだけど「夏の風猿楽小にかよってる」っていうと、夏風とともに通ってる感じでしょ。あるいは春の風……。

こういう句は、上を変えたとたんに俳句になります。これは「猿楽小」っていう字面《じづら》がいい。この中七字がいい感じがするから。例えば「入道雲猿楽小に通ってる」っていうと、子どもたちが通っている風景のなかに入道雲が見えてくる。とたんに夏のいい句、季語の御利益、ありがたさが出る。作者は北川さん。

四科目全て苦手な私です

これは、かわいそうです。これも、すぐ俳句になります。というか、季語がないから、「四科目全て苦手な」次に何がいいかな。カタツムリとかさあ。

子どもたち　カタツムリ！

小林「カタツムリ」って入れるだけでポンと世界が広がっちゃうわけ。
渋い俳句にするには、「四科目全て苦手なうちわかな」。なんかさ、うちわをパタパタやりながら、「ああわたしは四科目全部苦手だな」って思ってるような句になるわけ。あるいは「四科目全て苦手な扇子かな」。そういうふうにすると、夏の視界を持ってきてポーンと上の方にいっちゃう。言葉のつながりはいい。作者は野々山さん。

夏の空まばゆい光白い空

夏の空がとてもまばゆくて白く見える。いい句です。でも、ちょっともったいないな。空が二回続いてる。俳句は言葉をとてもけちりますから、ちょっともったいないな。作者は大津君。

雪だるま雪の草原一人きり

これはちょっといい句ですね。これは面白い。
雪だるまがあって、雪の草原っていうのはちょっと変な言葉で、ふつうは「雪原《せつげん》」っていうんだけど、草原ってのは草が生えてるわけでしょ。雪だるまができるくらいのところってさ、もっと雪がたくさん降ってるから、草は見えないと思うんだけど。でも、実際問題として、何よりもいいのは、この雪だるまが広い草原に一人きりっていう、この風景がいいよね。なんか映画のワンシーンみたい。もうちょっとまとめられるような気がするけど。でも風景がとってもいい句です。なんかちょっとロマンティックだし、怖いような。作者は大津君。

鈴虫やぼくの家にき歌うたえ

これは、俳句としてできてる句ですね。「鈴虫や」と「や」で切ったのはえらい。大人がよく使う「切れ字」といいますけど、俳句に広がりを与えるために切った。この「や」がちょっと大人っぽい。作者は大人っぽい坪上君。

風りんは自分のうたでおどってる

あ、これはいい見立てだな。「見立て」というのは、風鈴を擬人化して人のように見る。まるで風鈴が自分の歌で踊っていると、人のようにたとえることです。これはできてる句だと思います。作者は大津君。

春風で桜花びらまい落とし

春の風で桜の花びらが舞い落ちた。いかにもきれいなワンカットを言ってますけど、ちょっともったいないね。やっぱり春の風と桜の花が春どうしで。作者は坪上君。

すず風できれいにひびく風鈴や

これは、涼しい風できれいに響く風鈴です。かたちとしてきれいにまとまっているのと、最後を「や」で止めてるのが、特別なちょっと珍しい響きです。最後の「や」で切るのは難しいんだけど、よくやってますね。ただ、「すず風」っていうのは夏の季語です。夏は風が涼しく感じたりしますから。「風」と「風鈴」が近すぎるかな？　残念。作者は坪上君。

まだ寒しこたつしまうのさみしいな

素直な句ですね。これはちょっと季節が見えないけど、こたつをしまってるんだからたぶん春でしょうね。でも、まだ寒い。作者は坪上君。

海水を泳いで遠くへ行ってみる

海の水を泳いで遠くへ行ってみる。これ、すごいね。これは「泳ぐ」が夏の季語ですけど、これはちょっと面白いですね。「行ってみる」、遭難《そうなん》するのが怖そうです。このまま溺《おぼ》れてしまうかもしれないですけど。作者は加山君。

　梅雨どきだどう遊ぼうか考える

そうだね。（笑い）梅雨で雨が降ってるし。

ま、先生はいつも同じことを言いますが、「梅雨どきだどう遊ぼうか」で、ここに何か違う言葉を入れると、またぜんぜん違う展開があると思います。作者は松原君。

なかなか面白い楽しい句がそろいました。

では五分間休んでから外に出て、歩きながらみなさんに俳句をつくってもらいます。小さなノートを持って歩いてください。それで、何か面白そうなものがあったら、ちょっとずつ書いておいて、教室に戻ってきて、五七五で俳句を書く。次に、それをやってみましょう。

初めての吟行《ぎんこう》体験

学校の中・学校の外

子どもたちは校庭に集合した。句会を行うための俳句をつくるときに、野山や街へ出て俳句の題材を見つけることを「吟行」という。子どもたちは小林さんといっしょに、これから初めての吟行に出かけることになった。

小林　ブラブラと歩いて、できるだけ何か見つけようとしてください。パーッと見るんじゃなくて、ちっちゃなものでも見つけると、けっこう俳句ができたりするから。それから、変なものを見つけたりすると、よくできたりする。それでね、そのときに句をつくっちゃわないで、見たものをパッパパッと書き留めておいてください。

ここで見たものとあそこで見たものを組み合わせてもいいから、書き留めたものを見ながら教室で一句つくります。

今から言葉を集めに行くんです。言葉ですよ。後で思い出すときに、「こんなふうにすると面白いかな」と思いながらつくってください。

じゃあ行きましょう。では、まず学校の中を見に行こうか。

子どもたちは小林さんのあとについて歩いた。小林さんは、目に入ってきたもの一つひとつを声に出して、子どもたちに見るための注意を喚起《かんき》しているようだった。校内の人工池のところでは、みんなで池の中をのぞき込んだ。

スイレンの花

キンギョ藻

文房具屋

小林　スイレンの花が咲いてる。これは、キンギョ藻《も》じゃなかったかな。動いてるものは、何か見えますか？　キンギョはいますか？　キンギョは夏の季語だから「キンギョ」って書いたら、「夏」って書かなくていいんだよ。あれはヤゴかな？　違うかな？

男子　あ、おたまじゃくしだ。

小林さんのあとに続いて、子どもたちは校外に出た。小林さんは子どもたちに間断《かんだん》なく話しかけていく。

小林　この文房具屋さんは、ずっと昔からありました。ここで、よくバナナのにおいのする消しゴムとか紙飛行機を買った思い出があります。
「平和の祈り像」があるね。頭にハトをのせているよ。
こっちには幟《のぼり》があるね。ぼろぼろの幟だ。

小林　あっちへ行ったほうがよかったかな。木がすごくうっそうとしてるなあ。

女子　幼稚園の子どもたち！

幟

小林　幼稚園のなかが、何か俳句的に面白そうだ。

（移動八百屋《やおや》さんの前で）

ここは季語の宝庫だ。ここにあるものはみんな夏の季語だし、夏の言葉だと思っていいですよ。キャベツでしょ、エダマメでしょ。「ネギ」を使いたい人は、「夏ネギ」にしてね。あ、ソラマメがおいしそうだ。あと、スイカ。グレープフルーツ、サクランボも当然。ちょっと素材を探しておいてください。

じゃあ、ブドウを買ってみんなで食べるかなあ。おじさん、四パックください。それと、サクランボも。食いながら考えるか。

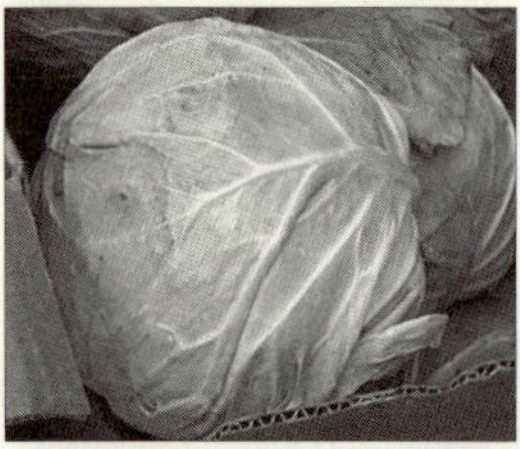

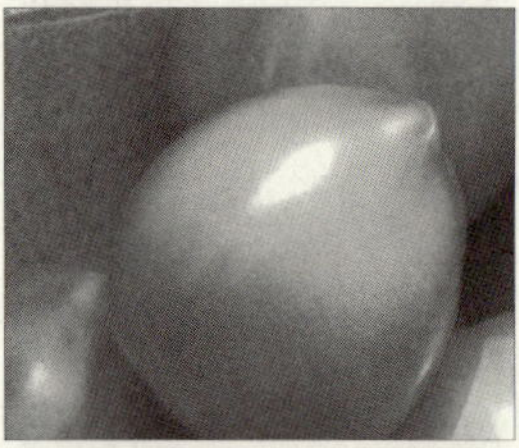

果物とかパラソルがあるとか、暑い中で物を売っているとか、こんなふうに注意して見るといろいろとあるんだよ。

（子どもたちに果物を配って）

小林　まあ、そこらへんで食べながら考えて。静かに食べてるだけ？　何かできた？　一句できた？　一句だけじゃなくてもいいよ。持って帰ったら、今度は自分たちで選びあうからね。

女子　あ、チョウチョウだよ。ミツバ、クローバー、とってもでかいです。ドクダミソウ、メモ帳に書こう。

男子　アジサイ。

女子　なんだっけこれ？　パンジー？

子どもたちは、それぞれに何かを探し出そうと見てまわっている。ヒルガオやアジサイの花を見つけた。小林さんは、子どもたちの書くメモをのぞき込んで、ときどきアドバイスをする。そうしているうちに、句をつくってしまった子どもたちが、つぎつぎと小林さんに見せに集まった。

ヒルガオ

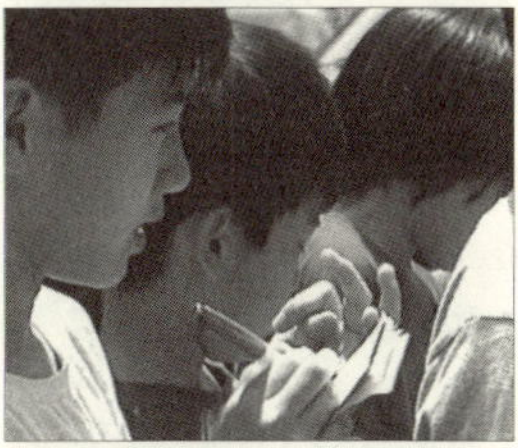

かざぐるま

クローバー

アジサイ

つくり方のコツ

小林　ちょっと俳句のつくり方のコツみたいなものをまとめて言います。

まず、みなさんは、自分では変わったものをつくっているつもりでも、けっこうふつうだよ。例えばこんな句があります。「集まってブドウ食べておいしいな」。これだと当然なんだよ。要するに、今ある風景そのままでしょ。だったらそれにもう一つ加えてみる。「これ何？」っていう、あるいは、俳句を書いたとき、一つぜんぜん違うものを加えてみる。

ブドウを食べてる風景があるよね、ブドウを食べておいしかった。そこに例えばだよ、「選挙カーブドウ食べておいしいな」って、「あれ？　どういうことだろう」と思う。「選挙カーが来て、そのときにブドウ食べてるのかな？　うるさい中でブドウ食べてるのかな？」って。

要するに、何かもう一つ入れてごらんなさい。するとイメージがポーンと飛ぶから。みんなは今見たことだけでつくろうとしてる。それはいいんだけど、じつはさっき学校から歩き始めてから、今日はいろんなものを見てきたはずだよね。それを入れてもかまわない。なんとなくちょろっと入れてみると、句の味がすーっと上がるんだよ。だからね、もうひと味加えてごらん。すると、自分でもぜんぜんわかなかったようなイメージになる。ちょっと難しいことを言ってるかな？

それから、夏の季語は、もうあんまり入れないほうがいい。やっぱり一つだけのほうがいい。だから「ブドウ」って入れたら、「夏」とか「暑い」とかは入れないほうがいいね。要するに、夏の季語は一つだけ。それがコツかな。

これから帰ったら、みなさんと句会をやります。あんまり多くなると大変なので、一人二句ずつ書いてもらって、それを黒板に貼ります。それで四つか五つずつ、みんなに選んでもらって、人気投票をやります。先生ももちろん自分の意見を言います。他の友だちの顔を思い浮かべながら、「こう書いたら受けるだろうな」って思って書いてごらん。そうすると、また別のものができる。

友だちの句の清記《せいき》

吟行を終えて子どもたちは教室に戻り、俳句を完成させる。制限時間は一五分。自分の句を選んでもらえるか、みんな真剣になってきた。

一五分で完成させる

小林　自分の句を一枚の紙に一句ずつ書いてください。締め切りは一二時。一二時までにつくったら、その句が見えないように二つ折りにして、箱の中に入れてください。先生は書かないよ。とりあえず、今は俳句をつくるのに集中して。先生はアドバイスをする。「先生の言うとおりにしたら負けちゃった」ということも人気投票ではあるよ。

芭蕉の「古池や」

小林　少し俳句についての説明をしておきます。

「古池やかはづとびこむ水の音」

この句は、池があってそこにカエルがぽちゃーんと飛び込んだという句で、小学校でも教えてくれるかもしれない。だけど、この句の本当にいいところは、じつはあまり知られていない。

これは、松尾芭蕉《ばしょう》という人がつくった句ですけど、この句で本当にウルトラCを使っているのは、「古池」という言葉なんです。

古池という言葉は、日本にはそれまでありませんでした。だって池なんか古くからあるのは当然じゃないですか。ずーっと昔から池なんてある。なのになんでわざわざ「古池」なんて言ったの？　新しい池を掘ることはありますよ。池は今も昔も、特に自然の池なんて、ものすごく昔からあるものでしょ。なんで「古池や」ってわざわざつくったんだ。

じつは、「古くなっている」と言っていることを考えると、大昔にだれかが掘った池なんだ。だって、自然の池だったら古くならないもん。地球が誕生したころからある池なんていっぱいある。

「古くなっている」とはどういうことかというと、昔はとてもきれいだったの。何が言いたいかって言うと、この句は、「昔はとてもきれいな庭園だったのに、今はもう、だれも手入れをしなくなっちゃって、うち捨てられているようなお庭がありました。そこに池がありました。

もうだれも来ません。すさんでるっていうか、ダメになりきってます。そういうふうなさみしい池にカエルが一匹飛び込みました」ということを彼は詠《うた》っているわけです。

そんな汚い、だれからも見捨てられたような池に対して、「そんなもののどこがいいんだ」っていうのがそれまでの人たちの考え。ところが芭蕉のえらかったところは、そんなみんなから見捨てられたような古い庭園、古いと言えばかっこいいけど、荒れ果てたような庭園に、「それはそれで美しいんだ」ということを言ったこと。

芭蕉の時代には、これはすごく新しいことだった。「古池や」という言葉を出した時点で、当時の人はものすごくびっくりした。いまだにこの俳句をみんなが何となく覚えているというのは、この「古池」っていう芭蕉がつくった言葉が、なんとなく耳に馴染《なじ》んでいるからです。何百年も何千年も前からあった言葉、そういうふうな感じで「古池や」って言葉が入ってくるというのは、芭蕉にどれだけの才能があったかと思わせる。この句は、そういう句です。

教科書なんかでは、「池にカエルが一匹飛び込むと、より静寂《せいじゃく》がひきたってくる」って説明していて、それはそれで正しいんだけど、本当のすごさは、「古池」って言葉です。

句を清記《せいき》する

小林流句会のポイントは、作者の名前を伏《ふ》せて匿名《とくめい》性を守ること。そのために「清記」をする。集まった俳句をバラバラに配って、作者の筆跡がわからないように別の人が短冊に清書する。だれの作かにとらわれず、俳句自体のよし悪しを評価するため、そして、人の俳句を書き写すことで、より深く鑑賞させるというねらいもある。

こうして、清記された句が黒板に並んだ。一人二句ずつで、全部で三八句。だれが書いたか、作者を想像する楽しみもある。

小林　最後に、字が間違ってないかどうかよく見て。他の人が清書することになりますから、自分だけしか読めない字じゃ困るよ。自分の書いた字に間違いがないかどうか、あと名前を書いてないかどうか。名前は書かないでください。

ではみなさん、自分で前へ持ってきて、ここへ入れてください。二つに折るんだよ。入れたら、清記用の紙を二枚ずつと黒いサインペンも持っていってください。

今から何をやるかというと、これをバラバラに混ぜて、だれの句が来るかわからないようにします。それを、この紙、短冊《たんざく》というんですけど、これにきれいに書き直してもらいます。人の句を書くんですから、きれいにね。

まず裏に清記者の名前を書いてください。人の俳句を書き写すわけですから、書いた人に責任があるわけです。だから、責任を明らかにするために、心を込めてきれいに書いてください。

短冊を配り終え、子どもたちは清記を始めた。

小林　できたら、何回も見直した上で、元の紙は四つ折りにしてこの箱に戻してください。そして、清記した俳句を前に出してください。

もし、自分の句が間違って書かれていても、作者は声を出さないで。作者はできるだけわからないようにしておきたいの。でも、いちばんいいのは清記者、書き直す人がきれいに書くこと。どういう字かわからないときは、先生にきいてください。

先生のアドバイスを聞いてつくった人もいれば、先生のアドバイスをきれいに無視してつくった人もいる。でも、どの句が人気が出るか、それはまだわかりません。それは午後からの楽しみにしましょう。

【給食時間に】子どもたちからの質問

大津　どうして小説を書き始めたんですか？

小林　大学に入ったときには、ドイツ語の先生になろうと思って、ドイツ語の勉強ばっかりしてたら、突如《とつじょ》ドイツ語を見るのも嫌いになっちゃったの。一生やりたくはない、と思った。それで学校の先生になるのはやめようと思ったら、そしたら何やっていいかわかんなくなって……。

それでみんなに、「わたしは小説家になる」と宣言した。そして急に、大学四年生から小説を書き始めたの。でも、小説家になるといってもなれないんでね。何年間かずっと、一人でこつこつ、部屋にこもってさみしく書いてたわけ。

三年ぐらい経ってやっと書けたので、雑誌社に送ったら、新人賞というのをくれた。それから小説家になった。だから、子どものときから小説家になろうと思っていたわけじゃないんだね。

朝川　どういう小説が好きですか？

小林　読むほうは、昔の小説、大昔の人が書いたような小説を読むのが好きだな。

でも、小説家になると、他人の小説を読まなくなるんだ。だって、自分なんか一生懸命書いてもなかなか面白いものが書けないのに、他の人がすごく面白い小説書いてるのを見ると、もう、いやになっちゃうね。だから、あんまり他人の小説は読まないようにしてる。

神山　自分で書いた小説の中で、どれがいちばん気に入っていますか？

小林　うーん、気に入ってる小説もあれば、気に入らない小説もあるなあ。

今までにたぶん三五冊ぐらい本を出しました。でも、その中で小説は二四、五冊かな。あとは俳句の本なんかもたくさん出してます。

小説の本では、本当のことを言うと、四年ぐらい前に出した『カブキの日』という本がいちばん自分では好きです。でも、わたしの本を読んでくれる人のなかには、わたしがまだ若いとき、十何年前に書いた本がいいって言う人もいるし、最近のものがいいって言ってくれる人もいるし、いろいろと票は割れると思うんです。

小説家は、昔書いたものがいいって言いたがらないの。「今のがいちばんいいですよ」っていつも言うの。先生もその一人ですが、一応、『カブキの日』。

男子　好きな俳人はだれですか？

小林　教科書にはあまり出てこないが、高柳重信さんという人の俳句が好きです。ちょっと変わった書き方をする人です。

例えば、こんな変な俳句を書いた人です。これは代表作ではないけれど、ちょっと気に入っている句です。字の書き方もこのとおりです。

「一階　二階　三階　旗　さよなら　あなた」

先生は思うんですけど、これ、自殺のうたなんですよね。自殺のうたなんてちょっとかわいそうだけど、たぶん女の人が男の人に捨てられて、高い所に登っていく。で、一階から二階、三階。いちばん上には旗が立っていて、「さよなら」と飛び降りちゃうかわいそうな句です。

高柳さんという人は、こういうふうに、字の書き方もすごく凝っている。季語も入ってないけど、「前衛」といって、とっても変わった俳句を書いた人です。

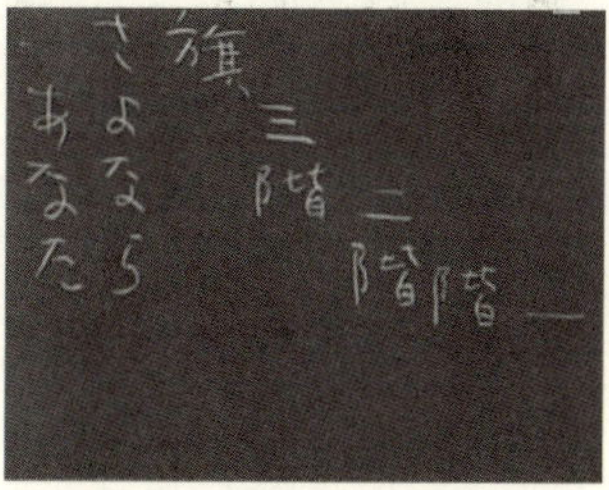

わたしははちゃめちゃなものが好きなんです。無茶苦茶な、「これなんのことかな？」と思わせるもののほうが、先生は喜んでしまう。もちろん芭蕉とかも好きですけど。

たぶん先生が学生時

代に俳句を覚え始めてから、頭の中に一万句ぐらいは覚えてると思う。だからどれがいいかと聞かれても、ちょっと困る。好きな句が多すぎて。

学生時代に若い後輩がつくった句で、「ああ、いいなあ」と思った句がありました。今でも夏になると思い出します。

「ハードルをひとつ倒してゆく夏よ」。ハードルがずーっと並んでいて、たった一人でハードルを途中で飛び越しそこねて、ポチッと落ちて、ハードルが一つだけ倒れて、それで、「ああ、夏も終わってしまう」と言ってる。「わあ、いいなあ、青春だな」と思って。

ハードルって邪魔者じゃない。自分がうまく越えてゆけないもののこともハードルっていうよね。例えば「この試験をうまく通らなきゃ、そのハードルが越えられない」なんて言い方もする。そういうハードルをうまく越えられなかったのが一つだけあった。そういうことで、この句に、とってもジーンときた覚えがあります。

自分ではあんまりつくらないんですけど、先生がつくった句では、やっぱり若いときにつくったもので人に誉めてもらえたものがあります。

「冬うららふたごのひとりさらわれて」。「うらら」というのは、「うららかな」という意味。ポカポカして、気持ちのいい天気のことです。

冬のうららかな日、双子がいたんだけど、その双子のうちの一人だけがさらわれていっちゃった、という悲しい句です。さらわれていった後、たぶんその二人はどこかで出会うんでしょう。だから自分では、物語のいちばん最初みたいな句でいいかな、と思ってました。

もし、男と女の双子だったら、その後別々になって、ひょっとしたら恋をするかもしれないし、いろいろな想像が自分ではわく句だと思って好きです。まあ、他にもいっぱい好きな句はありますけどね。

授業③

句会は楽しい

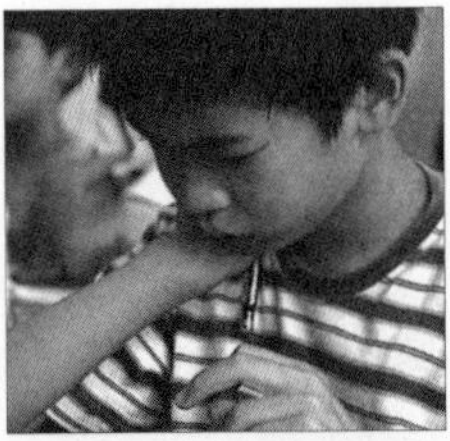

清記された句が黒板に貼り出された。一人二句ずつ、全部で三八句。だれが書いたかは全くわからない。

小林さんが一句ずつ読み上げて、子どもたちが選句する。選句は句会の醍醐味。小林さんをうならせる、なかなかの名句がつぎつぎ出てくる。

そして投票結果の発表と、高得点順からの講評が始まった。最高点句には、スタンディングオベーション。本格的な句会の光景である。

発表・選句・投票

句を発表する

小林　さっき吟行してつくった俳句で、句会をやります。句会というのは、自分たちのつくった句を発表して、だれの句がいちばんいいかをみなさんが投票して、いちばんたくさんの点が集まった句から、みんなで褒《ほ》めあったり、あるいは解説したりすることをいいます。

やればわかります。とりあえずみなさんの句を黒板に貼っていくことにしましょう。

まず、自分の句がちゃんと二句あるか、確かめてください。心の中でね。二句なかった人は手をあげてください。その次に、二句あれば、その句がちゃんと書かれているかどうかも確かめて。もし間違っていたら、手をあげてください。

一人の子どもの手があがり、どうやら間違いがあったらしい。それをみんなの前で訂正すると作者がわかってしまうので、みんなには後ろを向い

てもらって訂正する。それほど匿名性にはとことんこだわる。

小林　じゃあ今から、先生が一句一句読んでいきますから、みんなはその間に選んでください。俳句は一句二句……というふうに数えます。いいと思うものを五句、選んでください。選んだら、それをそのまま自分の紙に書き写す。

そして、自分の名前を、今度は姓ではなくて名前のほうを書きます。小林諒君と松原諒君は同名が二人いるので、その場合は名字と名前の両方を書いてください。でも他の人は、例えば渡辺龍郎君であれば、渡辺の姓は書かないで、「龍郎選」とする。「こういう句を選びますよ」というルールです。紙の右下に自分の名前を書いてごらん。

それから、俳句の「号」がある人はそれを書いてもいいでしょう。たぶんいないね。

書き終えたら、いよいよ選びます。先生がゆっくり読み上げていきますから、この句がいいなあというものを、何となくあたりをつけておいてください。

仮に番号をふっておこう。でも、書くときは番号だけじゃなく、必ずその句を書いてください。それが礼儀です。選ぶのは五句です。もう一つ、自分の句は選ばないこと。

じゃあゆっくり読みますね。

(1)　夏の道どろけたふんがおちている
(2)　くものすがとつぜんめだつあめしずく
(3)　木のこかげ小鳥が鳴くよ夏の風
(4)　あめんぼの小さい命すぐ飛び立つ
(5)　さくらんぼ俳句作ってすぐ捨てる
(6)　ひまわりよ太陽へとさ一直線
(7)　くるくるとまかれまきつくヒルガオよ
(8)　どろどろだアイスクリーム陽《ひ》にあびて
(9)　かざぐるま小鳥の歌でくるくると
(10)　カタツムリからがなくなり干からびた
(11)　水の中夏の太陽見えてくる
(12)　かざぐるま夏風にゆれおどってる
(13)　トマトがねひなたぼっこでまっかっか

小林　さっき五句選べって言ったけど、ちょっと五句じゃ少なすぎるかなと今、考え直しました。いい句がすごく多いです。選ぶのはふつうだったら五句で十分だと思うけど、七句にしましょう。先生はもっと選びたいくらい。

⒁　木の中をとかげが走るガサゴソと
⒂　太陽の光さえぎり日かげへと
⒃　かたつむりからの中で食べられた
⒄　木の日かげ風にあわせて動いてる
⒅　うらみちに一歩入ればいなかかな
⒆　ヒルガオはひっそりしのぶラッパかな
⒇　ツタかざりジャングルみたい石のコケ
(21)　さくらんぼたくさんたべてふとりそう
(22)　選挙カー説教のようにうっとうしい
(23)　道ばたの小石をけって歩いてる
(24)　新緑がゆれてる下で食べる物

(25)　びわ食べて意しきが飛んで宇宙かな
(26)　そよ風にふかれて回るダンゴムシ
(27)　白いちょうひらひら飛んで紙のよう
(28)　さくらんぼ光る水面の物語

小林　すごくいい。みなさんにはわからないかもしれないけれど、ほんとにいいと思います。ちょっと珍しい。ほんとに感心してるんだけど。

(29)　夏の空石がころがる暑さかな
(30)　蚊たちがねあくまみたいにたまってる
(31)　あじさいに雨のシャワーすずしそう
(32)　ひるがおが顔を出してき呼んでいる
(33)　木のこかげふうりんがなる夏の風
(34)　あめんぼがすいれんのかげかくれんぼ
(35)　おるすばん暑いひざしに犬たえる

(36) 夏のかぜ木がユラユラとゆれている
(37) 働くよ小さな力をはっきりする
(38) ぶどうの実たくさんあってアリみたい

句を選ぶ

小林　さあ、これで三八句全部です。みなさんはこの中から七句選んで、紙に書き写してください。例えば1番を選んだら、1と番号を書いて、「夏の道どろけたふんがおちている」と句をきちんと書き写します。

これは友だちと決めたり、書いた人を知ってるからという理由で選んじゃダメだよ。よく俳句をする人たちが、「いい俳句をいただきました」と言うことがあります。作者がいるんだけど、選ぶ人も「自分のものにしたいんだ」というものを選んでください。もちろんどういうのがすばらしい句かというのは、非常に難しい問題です。この中で新聞に発表したり、雑誌に発表したりするだけの価値があるとどう見ても思えるものが、今数えたら一七ありました。それぐらいの句は、本当にすばらしい句だと思います。

もちろん、他の句もすばらしくないということではなくて、すごく面白いんですけど。ちょっと文句のつけようがないっていうか、今まで何百億、何千億、ひょっとしたらもっとたくさんの句が書かれたかもしれませんけど、その中で、こういう句は見たことないなと思ったのが一七あった。ほんと面白い。俳人の句集に紛れ込ませても、一般に通用すると思われるものが相当ある。

選び終わったら、発表していきます。どういうふうに発表するかというと、まず「だれだれ選」と言って、自分の名前を言う。朝川君だったら「渓太選」になります。そして、「3番、木のこかげ……」というふうに読み上げていきます。七句全部を読み上げたら、先生はそのたびに黄色いチョークで、点を正の字で書き入れていきます。終わったらどれが最高点の句かということがわかります。最高点句の作者は、みなさんから拍手がもらえます。

さあ、いきましょうか。朝川君から大きな声で。

子どもたちは順番に、「渓太選」「壽尚《としひさ》選」「健《たける》選」と名乗って、自分の選んだ句を読み上げていった。本書では、それぞれの発表にもとづいて次のような表にした。

渓太選	2	9	13	18	25	31	35
壽尚選	7	17	20	28	29	34	37
健選	4	9	6	15	17	22	28
順選	4	7	10	13	15	18	19
司選	3	7	10	15	17	18	26
宏樹選	3	9	14	18	20	22	35
健太選	2	15	16	18	20	22	28
晶大選	3	7	9	11	12	17	20
小林諒選	2	7	14	15	17	22	35
達也選	3	5	10	14	18	22	25
宗之選	3	12	19	24	26	32	34
松原諒選	2	11	15	17	28	32	37
龍郎選	7	13	16	17	18	34	36
友美選	17	18	20	26	27	32	34
朋美選	4	7	10	14	16	19	25
沙理選	2	23	27	28	32	33	37
奈々選	11	13	18	20	23	28	34
みづき選	2	3	5	9	19	22	26
杏奈選	6	7	15	25	28	33	35

小林　じゃあ、あとは先生が選ぶ。先生特権で、多少、たくさん選びます。

(1)夏の道　(2)くものすが　(4)あめんぼの
(5)さくらんぼ俳句作って　(7)くるくるとまかれまきつく

8番は一票も入らなかったので、サービスで入れとこう。

(8)どろどろだ　(9)かざぐるま小鳥の歌で
(13)トマトがね　(14)木の中を
(19)ヒルガオはひっそり
(21)さくらんぼたくさんたべて　(25)びわ食べて
(26)そよ風にふかれて　(29)夏の空石がころがる
(30)蚊たちがね　(34)あめんぼが
(35)おるすばん
(37)働くよ　(38)ぶどうの実

ということになります。

結果発表と講評

最高点句は？

小林　ではいよいよ「最高点句」といって、いちばんたくさん点が入った句から先生が解説していき、作者を明かしていきます。
最高点句は7番と18番。ともに九点句です。

加山　もし、同じ作者だったら？

小林　同じ作者だったら、許せんな（笑い）。ではいきましょう。

(7)　くるくるとまかれまきつくヒルガオよ

選んだ人は手をあげてください。その人たちが褒めたたえてから、作者がしゃべるわけ。じゃあ、小林君、選んだ理由を言ってください。

小林諒「くるくると」っていうところが面白いなあ。

小林　これは擬態語になるのかな。そういう言葉が面白かった。
渡辺「まかれまきつく」っていうところ。
小林　ここだよね。「まかれまきつく」って、ヒルガオは今日見たけど、自分も巻かれてるんだよね。自分も巻かれながら巻きついてる。「まかれまきつく」ってうまいなあと思った。先生もこれには注目しました。もう一人いこう。
加山「まかれまきつく」っていうのが……。
小林　やっぱりここだね。「まかれまきつく」ってほんとによく見たと思う。それで最後、「ヒルガオよ」っていう呼びかけもきれいだよねえ。とてもきれいな句。
「歳時記」という本があります。このなかには何万句、何十万句と載っています。この本の「ヒルガオ」のところに出ていてもいいぐらい、いい句だと思いました。じゃあ作者は立って。
（拍手）すごい、坪上君です。
　まず、観察の仕方がすごい。細かくよく見ています。ちょっと舌を巻きました。そして、先生がよかったと思ったのは、「よ」っていうよびかけが面白い。そういう存在であるヒルガオに、何を呼びかけたかったんだろう。自分もそんな人間になりたいのか、ここから物語が始まりそう。そんな気がしました。も

う一回大きな拍手をしましょう。坪上君でした。では次。

⒅　うらみちに一歩入ればいなかかかな

これを選んだ人は？

大津　ふつうの道じゃなくて裏道を選んだっていうところに、なんかひかれた。

小林　いいねえ。「うらみち」っていう言葉がなんか俳句っぽいんだよね。

神山「いなかかかな」というところになんかひかれた。

小林　この「かな」っていうのは俳句の言葉なんだけど、「切れ字」といいます。最後に「なんとかかな」って言うと、すごく決まるんですよ、バシっと決まるわけ。

この句も、裏道に一歩入れば田舎があったという、その感動が素直に句に出ていると思います。先生が選ばなかったのは、たくさん票が入っていたのであえて選びませんでした。でも、とてもよくできた句だと思いました。

あと、先生から見ればもう一歩、季語がほしかったなあ。夏の季語が入ればもう一つ上の段階になるのになあと思いました。まあ、これはないものねだりでしょう。でも、今日みたいに東京のこの近くを歩いて裏道に入ったら、ほんとに田舎みたいな風景が出てくるという驚きがよく出ている句だと思います。作者はどなたでしょう？（井上君立つ。拍手）よかったね、同一人物じゃなくて。勝利の一言、言いますか？　この句で言いたいことある？　特にない？　わかりました。特にないそうです。

次に高い点を取った句

小林　じゃあ、次いきましょう。探してください。17番八点。

⒄　木の日かげ風にあわせて動いてる

選んだ人は？

阿久根「風にあわせて動いてる」っていうのが。

小林　みんな同じだな。でもほんとにそうだね。「木の木陰《こかげ》」っていうと、「こもれび」っていうんだけど、太陽が照ってると葉っぱのところにたまに太陽がちらちら……。要するに、葉っぱの形にたくさん、木の陰がある。それが風が吹くと、影もいっしょにサーッと動く感じ、それを詠んでいるんです。

昔、平安時代に短歌を書くときに非常に好まれた、雅《みやび》、京都風、王朝、平安時代の貴族たちが好んだような世界の感じがして、かなり雅《みやび》な句だと思いました。
先生は、この句はもちろんいいと思いますけれども、ちょっと残念なのは、季語がない。先生は季語がなくてもいい人なんですけど、こういう感じの句はやっぱり季語がほしかった。でも、詩というか、目に見えてる風景はとてもきれいな句だと思いました。
作者はどなたでしょう? 大津君だ。男性の句なんだ。じゃあ、三着まではスタンディングオベーション。(拍手) 次、行きます。次はどれ?

子どもたち 28番!

小林 2もそうだ。2番と15番、28番。では2番を選んだ人?

(2) くものすがとつぜんめだつあめしずく

野々山 クモの巣がキラキラしているところが想像できて、とてもいい。

小林 とてもいい批評だ。クモの巣が目立つ。ふだん、あんまり見えてないものが、雨の日に、ほんとにクモの巣の形にキラキラっと水滴がつきますね。きれいな一句だと思いました。
ひと雨降って、上がった。強い雨じゃなくて緩やかな雨。しかも雨が降ったあと、すごくキラキラッと晴れて、強い日差しが差して、よりクモの巣が目立ちます。この句を見てると確かに、「クモの巣が雨が降ったあと目立つ」ということがよくわかるんだけど、気候の変化もわかります。強い雨が降ったら、クモの巣は破れちゃいますから。ある程度水滴がつくぐらいの雨が降る。そのあと、きれいにからっと晴れ渡るような夏の強い日差しを感じます。

この句の場合、季語は「くものす」です。夏の季語です。だから、夏の明るい日差しもこの句には見えてます。わたしがすごく懐かしい思いがするのは、たぶんこの句の持っているバックグラウンド、背景に明るい世界みたいなものが見えるから、きれいな句だなと思いました。作者は和田さんですね。（拍手）

次は15番。

⒂　太陽の光さえぎり日かげへと

井「光さえぎり」の使い方が面白かった。

小林　この言葉のつながりが、なんか面白いんだよね。でも、先生はいつもいつも同じこと言っていやになっちゃいますけど、やっぱりこれも季語がほしかったなあ。「ひかげ」は季語なのかな、季語といえば季語か。どうだろう？

ふだんあまり使わないんですけど、俳句では「片陰《かたかげ》」という言葉を使うんです。要するに、

「太陽光線が強く差してきて、影が一方向にすっと伸びた」っていうのを片陰といいます。「日陰」も季語になるかもしれない。ちょっとこれは先生にもわかりません。

でも、気持ちはとてもよくわかる。太陽がとても強い季節。日陰へと去った、逃げ込んだ。その感じがよく出てると思います。作者は関根さん。（拍手）

二回目の登場も出てくる

小林　票が割れてますねえ。一人の人が独占するのかと思ったら、高い点を二つ取った人はいませんね。次、行きましょう。

(28)　さくらんぼ光る水面の物語

和田　なんか「物語」っていう発想がいいと思いました。

関根「さくらんぼ」と最初についていたのが、ちょっと不思議で面白い。

小林　この句は、いちばん俳句的な感じがします。

まず、「さくらんぼ」で、スッと切れてるわけです。それで、「光る水面の物語」。さくらんぼが水面に光って映っているのかもしれない。それはいろんな言い方ができるだろうけど、水面がキラキラ光ってる。まるで、今から新しい物語が始まりそうです。それ自体が物語だと、この人はたぶん言ってるんでしょう。それに、「さくらんぼ」というのがつけ加えられて。うまく説明できないんだけど、「さくらんぼ」っていう添え方が、「光る水面の物語」というのをとてもよく表している気がする。「光る水面の物語」なんだけど、そのさくらんぼ自体も、新しいものはすごくつやつやと光ってる。さくらんぼの光も見えるような気がしました。

そして「物語」という納め方がすごく特徴的。先生は何万句か何十万句か読んだと思うけど、最後を「物語」という言葉でしめた句は、思い出せないなあ。読んだ覚えはありません。それぐらい珍しい句だと思います。形もまとまってます。

あれ、先生は選んでなかったっけ？　入れてないな。ごめん、選びます。八点入りました。作者はどなた？　野々山さん。じゃあこれは八点句だったので、スタンディングオベーションに格上げ。（拍手）

次は何番？

子どもたち　次は六点句で、3番と9番。

(3)　木のこかげ小鳥が鳴くよ夏の風

芹川　木のところで小鳥が鳴いて、風が吹いて……。
小林　小鳥が鳴いて、夏の風が吹いてくる、すごくきれいな風景だね。この風景、とても好きです。でも、とれなかった理由が一つあります。残念。作者から相談を受けていたら絶対変えなさいって言ったと思うんだけど。
「こかげ」って、「木陰」って書く。これで、こかげと読む。木の陰のことを木陰。ですから、たぶん作者は、「小陰」って字を書くのかなと思ったのかもしれない。木の小さな陰、じつは言葉がだぶっちゃってる。それさえなければほんとにいい句だと先生は思います。ほんとに残念。だけど、仕方がない。作者は岩崎君。（拍手）

(9)　かざぐるま小鳥の歌でくるくると

朝川　「かざぐるま」と「小鳥の歌で」というところがよかったなと思います。
小林　これは、先生も選んだ句で、かなりの句だと思った。今日、選んだ中で、いくつかすばらしいな、群を抜いたなと思った句があった。これはそのベスト5に入る。ベスト5に入るのは、本当に実力伯仲《じつりょくはくちゅう》の句だと思った。
この句のすごいところは、かざぐるまがくるくる回る、それは当たり前だ。ところが、この句は「風でまわる」って書いてない。「小鳥の歌でくるくるとまわる」って書いてある。それがいいんだよね。かざぐるまが小鳥の歌う声に合わせてまわってる。すごくきれいじゃないですか。しかも小鳥の鳴き声というのは、一定の音じゃなくて、チュンチュンとか、なんていうかすごくメリハリがついてますでしょ。

かざぐるまってヒューッと風が吹くとスーッて回るんだけど、見た目には、たまにくるっと回ったり、ゆっくり回ったりというふうに、いろんな回り方をする。その感じが出てる。まるでそれが小鳥の声に操られながら回っているような気がして、本当に風景が見えました。「かざぐるま」は夏の季語だったかな、ちょっと待って（調べる）。あ、違う、春の季語ですね。「かざぐるま」という植物があって、それは夏の季語ですが、かざぐるま自体は春です。でもかまいません。これは、春から夏にかけて、本当に気持ちのいい季節に、小鳥の声に合わせてかざぐるまが回ってる、季節感がありました。良い句だと思います。作者は坪上君。ついに二度目の登場です。（拍手）

次、20番と22番。六点句です。

⑳　ツタかざりジャングルみたい石のコケ

女子　なんかふつうのコケを「ジャングルみたい」というのが面白い。
小林　こういうふうに、何かを何かにたとえる、「何々は何々だ」というのを、俳句では「見立て」といいます。国語的に言うと「譬喩《ひゆ》」。
「ツタかざりジャングルみたい石のコケ」。ツタがブワーッと。これは、「ツタかざり」っていうんだから、ツタの飾りでしょう。植物のツタではない、と先生はみました。それに石のコケがついて、ジャングルみたいに見えたんです。季語はないんだけれど、ちょっと変わった感じがする句で、面白いなあと思いました。作者は野々山さん。二回目。

(22)　選挙カー説教のようにうっとうしい

小林　せっかく俳句をつくろうと思ってるのに、うっとうしくやってました。選んだ人は?
野々山「選挙カー」と最後の「うっとうしい」という、ふつう使わないような言葉なのに、逆に入れているのでいいなと思いました。
小林　これは季語がないんです。まさかとは思うけど「うっとうしい」は季語じゃないよね。これは、どちらかというと川柳《せんりゅう》というのに近い。
俳句はすごく長い詩の最初のほうのものだと先生は言ったと思います。最初の部分のことを、ちょっと難しい言葉ですけど、「発句《ほっく》」といいます。それが俳句になったんです。

でも、それにつながる詩の部分も自立しました。最初のものが発句で俳句になったのに対し、こちらは「平句」といいまして、川柳という文芸になったわけです。

「川柳」というのは、発句みたいに季節があって、これから物語を始めるのではなくて、今ある物語をつないでいくのが川柳です。「今の時代はこうだよ」と、時代のことを詠《うた》ったり、あるいはなんか面白おかしいことを言ったりするのが川柳という文芸です。「選挙カー」の句は川柳っぽい感じがして、それはそれで面白いです。先生は選びませんでしたけど、選ぶだけの価値のある句です。作者はどなたでしょう。井上君、二回目。（拍手）

次の六点句はどれでしょうか。34番。

⑶⑷　あめんぼがすいれんのかげかくれんぼ

小林　アメンボがスイレンの近くで泳いでる感じを、かくれんぼと見たのがすごい。アメンボがスイレンのそばで、ツーツーとやって、スイレンの陰から去ってまた陰へ。それをかくれんぼみたいだ、と。非常に素直な句です。ほんとによくできた句だと思いました。先生はそれで選びました。スイレンは、ハスみたいなものですね。さっき花が咲いてました。もっと花がたくさん見えるような句だと、華《はな》やぎが増すのかなと思ったけど、それはないものねだりでしょう。とってもいい句です。作者はどなたでしょう？　井上さん。（拍手）

小林先生の講評

小林　あまり時間がないので、今度は先生が批評をして名前をきいていきます。ふつう句会では、高点句のみ名前を発表して、あまり点が入らなかった句は発表しないんですが、今日は全部発表します。

(1)　夏の道どろけたふんがおちている

これは点が入らなかったけど、いい句だと思いました。夏の道ってすごくほこりっぽくて殺伐《さつばつ》とした感じがする。そこに「どろけたふんがおちている」って、なんか感じの悪い風景を描いたんだと思いますけど、ちょっとこれは風景に力があるというか、怖い。作者は渡辺君。

(4)　あめんぼの小さい命すぐ飛び立つ

これは四点入りました。アメンボがパッと飛び立ったんだと思います。それを「小さい命」

としたところがきれい。小さな発見、小さな命、いかにもそんな感じです。作者は和田さん。

(5)　さくらんぼ俳句作ってすぐ捨てる

俳句をつくっては捨て、つくっては捨てってね。俳人はよくやるんです。この無造作な感じは、ちょっと大人の味だと思いますね。作者は井君。

(6)　ひまわりよ太陽へとさ一直線

「太陽へとさ」っていうのが日本昔話風です。「ひまわりよ」と一回切れて、「太陽へとさ」でもう一回切れて、ちょっと句が切れ切れかなあ。これは大人の言うことなんだけど、句にこういう切れが二つ入るのはよくないって学生時代に教わったので、いまだにそういうところが気になります。でもこの句はなんか素朴なよさがあります。作者は関根さん。

(8)　どろどろだアイスリーム陽にあびて

これは本当にそのとおりですね。アイスクリームが陽に浴びたらどろどろになりますから。そうならないようにしましょう、というところでしょう。作者は井上さん。

(10)　カタツムリからがなくなり干からびた

非常に即物的というか。からがなくなれば、それは干からびるでしょう、ナメクジと同じですから。「それは大変ですね」と、先生も思う。作者は神山君。

(11)　水の中夏の太陽見えてくる

これは、ちょっと俳句っぽくないんですよ。むしろ現代詩みたい。ふつう太陽って上を見なきゃ見えないんだけど、鏡みたいに水が張ってあれば反射して見えるわけです。むしろ、水の中を見ていれば、夏の太陽が見えてくるってこともあると思います。だから、「水の中夏の太陽」。しかもだんだん見えてくる、はっと気がつくっていう感じにちょっとひかれた句でした。先生は選んでませんね。選んどきましょう。作者は北川さん。

(12)　かざぐるま夏風にゆれおどってる

本当に素直できれいな、いい句です。作者は朝川君。

(13)　トマトがねひなたぼっこでまっかっか

先生はもっと点が入るかと思ってました。トマトがひなたぼっこしていると、だんだん熟して赤くなってくる。これはもうちょっと入るんじゃないかと思ってましたけど、五点なら結構。作者は阿久根さん。

(14)　木の中をとかげが走るガサゴソと

これはねえ、私の中ではベスト5に入るんですよ。「とかげが走る」という句はたくさんあるんです。いっぱいあります。でも、木の中を走るトカゲなんて聞いたことない。おそらくうろっていうのかな、中が腐って空洞になっているような木だと思います。そういう中を走れば、それは音がしますよ、ガサゴソって。ほんとはカサコソぐらいかもしれないけど。でも、木の中をトカゲが走るって、初めて聞きました。ちょっと変わったトカゲです。作者は加山君。

(16)　かたつむりからの中で食べられた

あわれなかたつむりです。これは、「マイマイカブリ」だっけ？　マイマイカブリに食べられたんでしょう、あわれなかたつむりです。作者は芹川君。

⑲　ヒルガオはひっそりしのぶラッパかな

あ、これもベスト5。「しのぶ」という言葉がほんとによく出た。これは、大人の味の句だと思います。

ヒルガオって小さいですよね。アサガオみたいに立派じゃないです。小さなヒルガオが「ラッパみたいになれたらな」ってひっそり思ってるような、なんかちょっと哀しい感じです。今日見たヒルガオは、日陰に寂しげに生えていた。なんかちょっと控えめな感じの句ですけど、いいと思いました。作者は松原君。

㉑　さくらんぼたくさんたべてふとりそう

これは心配でしょう。先生も非常に心配です。これ以上太ったらどうしよう。作者は……。

芹川　太ってるけど！

小林　そういう問題じゃないだろ。でも、サクランボいっぱい食ったって、太らないんじゃない？　そういうのはやっぱりトンカツとか……。

(23)　道ばたの小石をけって歩いてる

いかにもなんか見えますね。小石を蹴りながら、なんか退屈そうに歩いてる。先生も下校途中によくそんなことをした覚えがあります。季語がほしかったけど、なんとなくそういうふうな子どもが歩いている後ろ姿が見えるような感じがします。作者は岡安君。

(24)　新緑がゆれてる下で食べる物

これもいい句だな。先生がもう一点入れよう。「新緑」というのは珍しい言葉で、みなさんはあまり知らないかもしれません。これもちょっと季節が違うんだけどね、五月ごろの新しくてすごく初々しい緑のことを新緑といいます。その下で食べる物っていう、とぼけたのがちょっと面白かった。まあ、サクランボを食べたんですけど。作者は神山君。

(25)　びわ食べて意しきが飛んで宇宙かな

へんなビワだね。ビワ食べて宇宙に意識が飛んじゃった、っておかしいけど、これもベスト5に入れましょう。ベスト5が六個ぐらいになるかもしれないけど、面白かった句です。作者は井君。

あ、ベスト5じゃないな、ベスト7だな、この句を忘れてた。

(26) そよ風にふかれて回るダンゴムシ

ダンゴムシってのはダンゴムシですけど、こういう句はだれも詠まない。汚いとか思ってね。「そよ風にふかれて回る」という、この微細な書き方。これも名句級です。でも、「ダンゴムシ」は季語に入ってるのかなあ? たぶん無季だと思います。「そよ風」も季語じゃないんだよね。ちょっと季語がほしい。でも、この句は面白いです。非常に細かいです。作者は小林君。

(27) 白いちょうひらひら飛んで紙のよう

素直な句です。「ちょう」は春の季語です。でも、なんとなくこの句は一年中どこでも通じるでしょう。作者は小林君。

(29) 夏の空石がころがる暑さかな

これだよなあ。強い。すごく強いです。石が転がる暑さってよくわかんないけど、どこかでこういう句、見たかなあ。ただ、この句はちょっと弱点があって、「夏」っていうのと「暑さ」っていうのがだぶってる。作者は松原君。感覚は面白いです。

⑶⑽　蚊たちがねあくまみたいにたまってる

夕方ぐらいに、地面から一、二メートルぐらいのところに、蚊とか小さな虫がブーンとまとまっているのを見たことはありませんか？　あれは、ちょっと不気味なもんでしょう。あんなものの中に入ったら、もう顔にくっつくやらなにやら、あのことじゃないかと先生は思いました。あれが蚊でできている場合は、「蚊柱《かばしら》」といいます。似たようなものです。夕方ぐらいにできるのが、蚊柱。ブヨでできてるのは「まくなぎ」といいます。この言葉も俳句でよく使われる。それが、悪魔みたいに見える。ちょっと面白い。作者は加山君。

⑶⑴　あじさいに雨のシャワーすずしそう

きれいだし気持ちのいい句ですね。作者は阿久根さん。

⑶⑵　ひるがおが顔を出してき呼んでいる

これも見てのとおりというか、そういうふうな風景でした。作者は朝川君。

⑶　木のこかげふうりんがなる夏の風

いい句ですが、残念なことにまた木陰です！　風鈴と夏の風が入っている。気持ちのいい風景には間違いない。作者は岩崎君。

⒂　おるすばん暑いひざしに犬たえる

これもベスト5かな。「耐える」ってところがちょっといい。作者は大津君。

⒃　夏のかぜ木がユラユラとゆれている

気持ちのいい風景ですね。でも、ちょっと風景にもうひと味、増えるものがほしかったかなあと先生は思う。作者は北川さん。

⒄　働くよ小さな力をはっきする

これはアリのことじゃないかと先生は思いました。ただ「アリ」と書いてないことで、謎が生まれました。何か小さな力を発揮して働いているっていうので謎が出てるんだけど、やっぱり季節を表す言葉がほしかったかなと思います。でも、「小さな力を発揮する」ってなんか面白いよね。作者は岡安君。

(38)　ぶどうの実たくさんあってアリみたい

ブドウの実は房がたくさんついてますから、アリと見立てたわけです。アリのおなかの部分とブドウの実は確かに似てますよね。あと、蜜をおなかいっぱい集めるアリがいるので、あれは確かにブドウに似てると思います。作者は渡辺君。

これで今日は終わりです。明日は、いよいよ団体戦になります。団体戦というのは、団体、班ごとの対抗で戦うものです。そのときに先生は題を出しますから、みなさんはあらかじめつくってきてもあんまり意味がありません。その場でつくることになります。班で考えてつくる。今日より盛り上がると思います。

授業 ④

句会の団体戦

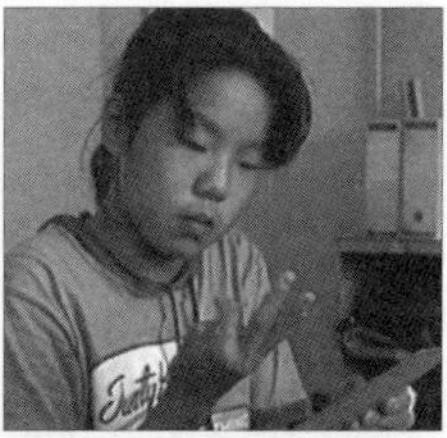

日本の文化の伝統は、みんなが集まって、いろいろ改善して一つのものをつくりあげていくことにある、と小林さんは説明する。

その一つの典型が句会であり、それをさらに「みんなでつくる芸術」にするのが句会の団体戦だ。

句会は、もともとお互いの発想を磨き理解を深め合う場でもあったが、さらに俳句の面白さを伝えるため、小林さんが考えたユニークな団体戦の句会が行われた。

四班の対抗が白熱して、この授業の一つのクライマックスとなった。

西洋の芸術・日本の芸術

小林　俳句をつくる前にちょっとだけ、授業らしく一〇分ぐらいしゃべります。今はひょっとしたら難しくてわかりにくいかもしれないけど、覚えておいてほしいということをお話します。

みなさんはこれから、たまたま俳句をつくるわけです。俳句は五七五なんだけど、短歌というのはもうちょっと長くて、五七五七七。それから、詩。作文が大きくなったような小説というものもあります。先生は小説を書いていますけど、みんなもこれからいろんなものを書くかもしれない。絵を描く人もいるかもしれないし、あるいは、音楽家になりたいと思ってる人もいるかもしれない。

そういうのを全部総称して、芸術といいます。藝術。（板書）今は「芸術」という字を書きますが、先生は、大学の文学部美学芸術学という課程で勉強しましたが、その最初の授業で、「みなさんはこの『芸』は使わないでください、『藝』を使ってください」と言われたので、わ

「藝術」

たしは大学の先生に言われたとおりに、「藝」の字を使うことにしています。なぜなら、今は「げいじゅつ」というと「芸」を使いますが、「芸」と「藝」は、ぜんぜん違う字だからです。もともとの「藝」の字が「芸」の字になったのではなくて、この二つの字を常用漢字表で一つの「芸」にしてしまったからです。もともと「芸」は「ウン」という字で、「藝」は「ゲイ」という字。意味がぜんぜん違うというふうに先生に教わりました。

西洋の芸術――美は神の世界にある

小林　もう一つしゃべりたかったのは、日本の芸術と西洋の芸術の違いです。みなさんは日本で育って、日本人ですね。西洋というのは、アメリカやイギリスとかフランスとかヨーロッパ。その芸術の考え方の違いをちょっとしゃべります。

まず、西洋。要するにアメリカとかイギリスとかフランスとかドイツとか、そういう国の芸術はどういうものか。西洋はすごく芸術が発達していますし、すばらしい芸術をつくっていますが、考え方が日本とはぜんぜん違うのです。

西洋の芸術は、もともと発達していたギリシア文明というものがその基本でした。とにかく西洋文化というのは全部ギリシア文明から来てると言ってもかまわないんです。「ギリシア文化」と言ったりもします。

ギリシア人は芸術がすごく好きでした。でも、とても変わった考え方をしていました。「今、私たちが生きているこの世界は、すばらしいものなんて何一つないんだ。本当に美しい花もなければ本当に美しいお話もないし、本当に美しい人もいないんだ」というふうに、彼らは考えました。

それではどうするかというと、目をつぶったり、想像したりしたんです。「本当に美しい人間とはどんなものだろう、どんな姿形をしてるのだろう。本当に美しい花はどんな色をしてるのだろう」。そういうふうに想像したんです。ちょっとおおざっぱな言い方をすると、ギリシア人は、「すべての美しいものは、神の世界にある」と考えました。

だから、ギリシア人のつくる芸術は本当にきれい。人間の世界にはないような美しいものをつくった。ですから、西洋において芸術家というのは、とても尊敬されました。人間には見えない美しさ、あるいは人間には見えないお話がわかる人。例えば悲劇とは、悲しいお話ですね、それをつくる作家たちは、人間の世界のことは一切書きませんでした。一生懸命考えを凝らして、なんとかして神様の世界の話をもらおうとしたんですね。

みなさんも「ギリシア悲劇」「ギリシア神話」というものを聞いたことがあるかもしれませ

んね。ギリシア神話は、全部神様のお話です。神様の世界にある美しいお話を書いたのが、ギリシア神話。だからあんなに美しいんです。

あるいはギリシアの彫刻がありますけど、あれも人間を模《も》したのではなくて、みんな神様を描いたんです。ですから美しいんです。

その後の西洋人というのは、みんなそういうふうな影響を受けていますから、芸術というのは、芸術家という特別な人がいて、その特別な芸術家が、神様の世界あるいは本当にすばらしいものしかない世界を、なんていうかな、天の啓示《けいじ》みたいな形で受け止めてつくるのが芸術だと思っている。たぶん、今でもそういうふうに考えています。

日本の芸術――みんなでつくる

小林　じゃあ、日本人はどうかというと、日本人にはそんな考え方はぜんぜんありません。日本人は、芸術は一人の人間がじっくり考えてつくるものだとは昔から考えていませんでした。
例えば、昔から伝わる詩がありますね。すると、後の人はその詩をちょっとだけ変えて、少しよくする。それで、その詩をまただれかがちょっとよくする。そして、それを隣の人に見せたりする。「こう変えたらいいいんじゃないか」っていうようなことを言われる。そしたらこっちの人が「いやいや、こう変えたらいいんじゃないか」、と。なんていうか、一人の人ががんばってつくるというよりは、みんなが集まって、周りの人たちがワイワイ言う。あるいは、昔の人のものを変えたり、自分のものを変えたりっていうふうなことをします。

ヨーロッパの芸術は個人でつくったものですが、日本の場合は、これもちょっと難しい言葉ですが、アレンジします。つまりグループでつくったということです。日本の芸術はみんなそうなんです。

だから、みなさんにやってもらうのは、班というグループのみんなでつくることです。今からいくつかの題を出します。その題でつくってほしいんです。班でつくったら、今度は自分たちでいろいろと話し合って、「ここはこうしたらいいんじゃないか」「あそこは、ああしたらいいんじゃないの」ということを言い合ってほしい。

ちょっと話がややこしいですけど、始まればすぐわかる。そのあと、できたものをさらにみんなで採点しあいます。では、具体的に、わかりやすくやってみましょう。

団体戦の説明と俳句づくり

団体戦の方法

小林　これから団体戦をやります。班ごとに句をつくって、それで戦い、優劣を決めます。まず、四つの班に分かれて、班ごとに机をくっつけてください。

ＡＢＣＤの四班に分かれました。第一回戦は、「夏休み」という言葉を入れた俳句をつくる。「たららら……夏休み」でもいいし「夏休みたららららら……」でもいい。Ｂ班とＣ班とＤ班の人に、夏休みという句を一句ずつつくってもらいます。そうしたら、残りのＡ班が、できた三つの句を見て、どの班のものがいちばんいいかを判定します。判定するＡ班は五人全員で話し合って、なぜこれがいいかという理由も考えます。

第二回戦はどうなるかというと、今度はA班とC班とD班が戦います。これらの班に先生が考えた題は、「猫」。A班とC班とD班のだれかが、「猫」という題で一句をつくる。そして、Ｂ班の人が、どれがいちばんいいかを決めます。

第三回戦は「あまがえる」。じつはこれ（教室で飼っているカエル）はトノサマガエルですけど、これを見てつくってもよろしい。A班とB班とD班の人がつくります。最後に判決を下すことを「判」というんですけど、判を下すのがこの場合はC班。
第四回戦は、「耳」。第五回戦は、「虹」です。第六回戦が「金」。基本はそれぞれの班がそれぞれの句をつくって、一つだけ余った班がそれに判を下すということです。

同じ題で三つの班が俳句をつくり、残りの一班がその優劣を判定するという方法での六回戦勝負。各回の題も決まった。班のメンバーで相談して、自分が担当してつくる題の分担を決め、一五分で俳句をつくる。

句のつくり方

小林　今度は俳句のつくり方をやりましょう。今、先生は「夏休み」「猫」「あまがえる」「耳」「虹」「金」と出しました。一句の中に必ずこの言葉を入れてください。要するに、夏休みの句を一句、猫の句を一句、あまがえるの句を一句、耳の句を一句、虹の句を一句、金《きん》か金《カネ》か知らないけど、この字が入っている句を一句、班ごとにつくってくださいということです。

	A	B	C	D	題
1回戦	判	○	○	○	「夏休み」
2回戦	○	判	○	○	「猫」
3回戦	○	○	判	○	「あまがえる」
4回戦	○	○	○	判	「耳」
5回戦	判	○	○	○	「虹」
6回戦	○	判	○	○	「金」

（判＝判定　○＝句作）

その次に、注意すること。「夏休み」と「あまがえる」と「虹」、この三つは夏を表している季語です。ですから、この三つの題のときは、他に季語を入れる必要はありません。むしろ入れないほうがいい。

一方、「猫」と「耳」と「金」、これは季語ではありません。だから、この題に当たった人は、他に季語を入れなきゃいけません。例えば、「金」が当たった人がいるとします。これは、「お金」というふうに使ってもいいし、「金魚」と使ってもいいし、あるいは他にどんなものがあるかな、「金色」とかいろんな使い方があります。「耳」だって、ふつうに「耳」って使ってもいいけど、「パンの耳」とか「中耳炎」とか、何を使ってもいいです。「猫」を使うとすれば、「仔猫《こねこ》」とか。なんでもいいです。

さて、じゃあ、「わたしは何をつくればいいのか」とみなさん思うでしょう。

表（上）を見てください。例えばB班では、判決・裁判官になる回が第二回と第六回の二回あります。B班の人たちがつくるのは、「夏休み」「あまがえる」「耳」「虹」です。この四句をつくればいい。ということはまず、B班の四人で、各人がどの句をつくるのかを相談して決めてください。わたしは「夏休み」をつくる、ぼくは「あまがえる」をつくる、「耳」をつくるというように、それぞれが選んでください。

C班の場合だと、C班は裁判官になるのは、第三回だけです。ですから、出る題が、「夏休み」と「猫」と「耳」と「虹」と「金」だから、五人で、この五つの題の中のどれを自分がつくるかを決めてください。D班もそう。

A班だけがちょっと違います。じつはゲームの関係上、五人分の題がゆきわたらなかった。だから、「猫」と「あまがえる」と「耳」と「金」の中の一つをだれか二人でつくってもらうことになります。非常にややこしいけれども、よく理解してください。

そうすると、「夏休み」の句がB班の人とC班の人とD班の人で一句ずつできているはず。「猫」の句がA班とC班とD班でできるはず。こういうことになります。

同じ題を何人もがつくっちゃだめだよ。

今つくらなくていいんだよ。まずどの題をつくるかってことだけを決めましょう。二人組はどの二人にする？　じゃんけんで決めて。希望は何？　「猫」か「あまがえる」か？

小林諒「あまがえる」に決定しました。

小林　はい、これで一応の責任が、ピッチャーで言えば五回までだれが投げるか決まりました。では、今から一五分ぐらいかけて一句つくってもらいます。

今のうちに、先生はヒントを言っておきます。今回、この団体戦で先生は、例えば「字がわからない」とかそういうこと以外はアドバイスできません。そうでないとフェアじゃなくなりますから。そのことは今のうちに言っておきます。

「夏休み」という題が当たった人、「夏休みだから楽しいな」とか「夏休みは暑い」とか、そういうふうな発想でつくると、点は入りません。もうちょっとひねらないと。「猫」って題が当たった人、「猫はとってもかわいいな」ってつくると、だいたいうまくいきません。「猫」はもうちょっと先に行ってつくり始めたほうがいいです。少し考えてください。「耳」が当たった人は「パンの耳」でも何の耳でもいいけど、何か変わった耳を出すように考えたほうがいいかもしれない。「金」もそう。「金」はいろんな言葉に使えるはずだから、「金魚」がいるから金魚でつくってもいい。なんとなくわかりましたか？

作句開始

小林　今、九時二五分です。一〇分間と言いたいところですけれども、おおまけにまけて、一五分間。まず、自分の句をつくってください。ヒントをいうと、三つか四つつくってみて、それでいちばんいいものを出すのがいちばん確実なやり方です。
本を見てつくってもかまわないし、窓の外を見てつくってもかまわない。静かにしているのなら、そこらへんを歩き回ってもかまいません。

子どもたちは、それぞれに教室を出て一人になって階段で考えたり、教室のトノサマガエルや金魚を観察したりしている。

小林　じゃあ、しょうがない。あと二分だけ待つから、早く急いで。
子どもたち　うそー。
小林　だって最初から一五分って言っているじゃないか。今から二分、できてない人は急いで。
先生が大学で俳句の合宿したときは、だいたい一人一分だった。みんなが袋を持っていてね。バーッと書くでしょ、書いたものを他の人が持っている袋の中に入れるわけ。ちょっと考えていると、横の人が「早くしろ」って蹴《け》る。三分くらい考えてると、袋がザーッとたまっちゃうわけ。だからね、やろうと思えば何でもできる。二分もあれば十分できる。と言ってる間に、あと一分だ。

子どもたち　うそー。

小林　うそじゃない。

芹川「天の川」は？

小林「天の川」は秋だ。いいよ、少しぐらい季節がずれたって。別に今の季節でなきゃいけないとは限らない。でも、今の季節のほうがいいなあ。

じゃあ、もう二分だけ。その間に死んでもつくる。もう何でもいいから書いちゃいなさい。わからないときは、「わわわわわ」と書いときゃいい。しょうがないじゃない。

はい、終わり！　では、これから班ごとに、一句一句に「ここはこうしようよ」「ここはつっこもうよ」とか意見を言い合っていきましょう。

くれぐれも言っておきますけど、後で判決がありますから、変わったものをつくりなさい。アピールという言葉があるんだけど、アピールするもの、「これ、面白いんだよ」「これ変わってるよ」って言えるようなもの。変わってなくてもいいけど、「すごくいい句だよ」って言えるようなものをつくりなさい。君たちのクラスの残りの一班が選ぶんだから、彼らにアピールできるものをつくる。例えば「夏休み」だったら、A班にアピールできるものをつくる。「猫」だったらB班が判定するから、B班はこういうのを選ぶんじゃないかというものをつくる。

では、今からつくったものをさらに一五分間かけて、それぞれで練り上げてください。一班に四句から五句あるはずだから、てきぱきしないとできないよ。

子どもたちの相談が始まる。

小林　時間内にできなかったら不戦敗にするよ。

子どもたち　えー！

小林（短冊を配りながら）もう書き始めてもいいけど、できるだけ、自分が担当してない句を書いて。題が入ってなかったら反則負け。

あと五秒！　四、三、二、一、〇、はい終わり。では清書してください。

団体戦でいざ勝負

一回戦「夏休み」

小林　まず「夏休み」の句を持っておいで！（黒板に貼る）

夏休みすずしんでいる人々よ
夏休み宿題地獄まっている
夏休み宿題ためた最後の日……

はい、「夏休み」の三句です。特にA班の人はよく見るように。それぞれの班のなかでだれでもいいから、自分たちの班の句のここがすばらしいということを言ってください。これは「句合わせ」というんですよ。「他の班のあの句はよくない」と言ってもかまいません。
では、まずB班の人、どの句ですか？

B班の男子　B班は真ん中の句です。

小林　これはどこがいいんでしょうか？　セールスポイントを言ってください。「夏休み宿題地獄まっている」。そのとおりだな、確かに。

加山　宿題がたくさん出て、なんか地獄みたいで。それが面白く感じられるかな。

小林　宿題地獄が面白い、と。「地獄」という言葉が面白い。せっかく夏休みなのに、地獄であるというのがね。そういうことでした。

じゃあ、C班はどの句ですか？

朝川　いちばん右です。

小林「夏休みすずんでいる人々よ」

朝川「すずしんでいる」です！

小林　すずしんでいる、死んでいる？（子どもたち笑い）先生はひねくれてるから。「夏休みすずしんでいる人々よ」。セールスポイントを言ってください。

朝川　夏休みは暑いということを強調して、「すずしんでいる」という。

小林　夏休みが暑いからすずしんでいる。「人々よ」という呼びかけは、だれに対してですか？　句？　扇風機？　風？

朝川　風。

小林　風の前ですずしんでいるという、そういう句です。

D班は、「夏休み宿題ためた最後の日……」。これのセールスポイントを。

D班の男子　この「最後の日」っていうので、宿題をためて、最後の最後で、ずっとやってないっていうやつで、「……」は次になんか続くように……。

小林　あ、このてんてんてん（「……」）が売り物である、と。

さて、A班は今からシンキング・タイムというか、五人で相談してください。多数決で決めてもいいよ。

A班の子どもたちが相談を始める。意見を出し合って、どうやら決まったようだ。

小林　どこがトップか決めたら、その理由も言ってあげるんだよ。第一回戦、勝ったのはどの班ですか？

A班　D班です。

小林　D班、おめでとう。「夏休み宿題ためた最後の日……」。なぜこれに決めましたか？

岩崎　B班のもC班のもよかったんですけど、みんなよかったんですけど、「宿題ためた最後の日」で、てんてんてんってなっていて続いてるようで、すごく面白かった。

小林　このてんてんが売り物になったよね。これがなければ接戦なんだけど。たぶんこれがあったので面白くなったと先生は思いました。こういう最後にてんてんてんというのは、たぶん初めてかもしれません。

はい、D班です。おめでとうございます。（拍手）

二回戦「猫」

小林　次いきましょう。次は、「猫」を持ってきてください。いきます。「猫」は、B班が判定します。

夏の午後ねこえんがわでうたたねを
ねこ急げあわてこたつへほっとする
のら猫がさかなうばった夏休み

第一句目が、「夏の午後ねこえんがわでうたたねを」。

まあ、このとおりですね。夏の午後、縁側って木でつくったベンチみたいなもの。そこでうたた寝をする。これは何班ですか？　C班、セールスポイントを言ってください。

井上　「うたたね」っていう言葉で、縁側が涼しいことを強調してる。

小林　ああ、そうだね。縁側ってだいたい、風がよく通って涼しいところ。猫って涼しいところが好きだもんね。そこが売りですか？　わかりました。縁側ってのはとても涼しいところで、猫がそこで気持ちよさそうに寝ている。

次は、「ねこ急げあわてこたつへほっとする」

これはどこの班ですか？　D班。「あわてこたつ」でいいんですか？

「あわてこたつへほっとする」。要するに、猫がこたつの中へ慌てて入ってホッとしたということですね。ではセールスポイント。

D班の男子　冬の寒い日に猫がいたんですけど、寒くなったので、このままではまずいと、すぐにこたつに入った。冬の寒さと、こたつを対照的にやってるんです。

小林　ああなるほど。冬の寒さとこたつのあったかさを対照的に書いている。まあ今は季節が違うのでピンときませんけど。

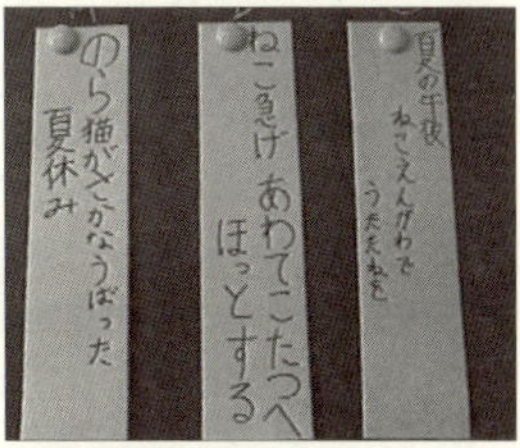

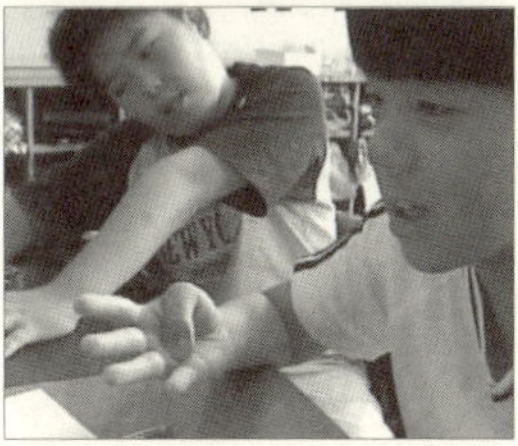

次です。これは当然、残りのA班ですね。

「のら猫がさかなうばった夏休み」

なんかサザエさんみたいだね、これ。（子どもたち笑い）そういうことでしょう。野良猫が来て、魚を奪い取っていった夏休み。さあ、A班、セールスポイントを。

阿久根　野良猫が夏休みに魚屋さんから魚を……。

小林　どんな魚ですか？

阿久根　最初は金魚にしようと思ったんだけど。

小林　金魚でもいいんだよ。季節が少し重なってるけどいいよ。池かなんかで泳いでる魚をフッとくわえて。魚屋さんからくわえてったんじゃないんだ。
阿久根　最初はね。
小林　それでもいいよ、金魚も魚だからね。野良猫が、池とかそういうところ、ひょっとしたら金魚鉢《きんぎょばち》かもしれないけど、魚をパッとくわえてパッと逃げてった、そういう夏休み。さて、B班の人。今から真剣に討論してください。

B班の相談。

渡辺　決まりました。
小林　静かに！　決定です。B班、どこが勝ちましたか？
渡辺　C班です。理由は「うたたね」というのが昔的で、ふだん使ってなくて面白いかなあって。
小林　はい、では拍手です。C班が勝ちました。（拍手）
勝った理由は、「うたたね」という言葉が練れた言葉だという。
A班の句は、「金魚」でもよかったと思う。確かに季節が重なるんだけど、こういう重なりはかまわない。D班の「あわてて」は、ちょっと字があまるんだけど、これは全部入れてもかまわないと思う。「字余り」っていうんだけど、そのほうが意味が通じやすいときは、無理して言葉をつめなくていい。C班の作品は、とても自然なかたちが感じられました。「夏の午後ねこえんがわでうたたねを」の「を」っていうのが俳句的。これも順当な感じ。

二回戦まででD、C班と勝ちました。A班とB班は、ただでさえ損なんだよね。だって裁判をするのが二回あるから。ゲームのエントリー数が四つずつしかない。

さあ、AとBはどうでしょうか。では「あまがえる」を持ってきてください。

三回戦「あまがえる」

小林　おお、また、てんてんてんが。てんてんてんで勝てるか。さっきのとは違う班かもしれないけど。では、いきます。

あまがえるせつない歌をさみしかな
アマガエル目線が合うとあとずさり……
そこの人アマガエル見て気絶した

小林　「あまがえるせつない歌をさみしかな」。さみしいかな。これはどこの班でしょう？　セールスポイントを。
小林　アマガエルが一人でさみしい。
D班の男子　アマガエルが切ないって、なぜ切ないの？
小林　一人で孤独だから。
D班の男子　わかりました。アマガエルが一人で孤独でとても切ない歌を歌っている、と。アマガエルって「ケロケロケロ」って鳴くカエルで、さみしいですね。ヒキガエルは「グーグー」だから、ぜんぜんさみしくない。
小林　次です。「アマガエル目線が合うとあとずさり……」。
じっと見るとスッとアマガエルが後ずさりした、と。また例の「てんてんてん」があります。よく観察された句だと思いますが、これはどこの班でしょう？　B班。
加山　なんかアマガエルと目が合って、それですぐに後ずさりしちゃって悲しい感じ。
小林　そうか、目線が合って、「おれがそんなに嫌いかあ」っていう。要するに、自分のほうがちょっと悲しいなと思ってるわけ。次。

「そこの人アマガエル見て気絶した」。これはA班。
神山　人がアマガエルを見て気絶するほど驚いた。
小林　変わったやつだねえ。ヒキガエルのほうがでかいのよ。あれが出ると、ちょっと怖くて驚くけどさ、アマガエルってこんなに小さいのに？　気の弱い人だ。
では、C班、この中から選んでください。

C班の相談。

小林　はい、静かにして。ではC班、どこでしょう？
C班の女子　B班です。
小林「アマガエル目線が合うとあとずさり……」。おめでとう。（拍手）
小林　勝った理由を言ってください。
C班の女子　あとずさりのあとのてんてんてんてんで。
小林　てんてんてん、強いなあ。わかりました。まあ、B班のがいちばんよく観察してると思う。だから、てんてんてんがあってもなくても、この句は成り立っていると思う。D班がちょっと惜しいのは、「せつない」と「さみしい」っていうのが似てるかな。A班は、変わっているといえば変わっている。アマガエルを見て気絶するのが、先生は少しだけ面白いと思った。でも、今、選んだとおりで、B班のがいちばんまとまっているでしょう。

では、次いきます。次は「耳」。

四回戦「耳」

パンの耳夏に買ったらかびはえる
象の耳大きなうちわみたいだな
すいかわり耳をすませば聞こえるよ

小林「パンの耳夏に買ったらかびはえる」。C班、これはどういうところがセールスポイント？

井　実際に、以前、コンビニでパンの耳を買おうとしたら、かびがはえていた。

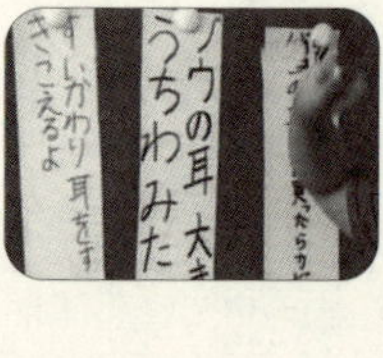

小林　パンの耳だけ買ったの?
井　買おうとしたら!
小林　昔は、パンの耳は五円ぐらいで、山ほど買えました。パンの耳はいらなくて切り落としちゃうから、ものすごく安かったんだけど、今でも売ってますか?　コンビニで売ってた?
次いきます。
「象の耳大きなうちわみたいだな」（書かれた）字も大きいから、なんか合ってますね。
加山　象の耳がうちわの大きいやつみたいで、それでなんか、うちわみたいで。
小林　それで涼しそうだということにしときましょう。次。
「すいかわり耳をすませば聞こえるよ」
A班の男子　これは、海に行ってスイカ割りをしたかったけど、都合が悪くて行けなくて、それでスイカ割りのことを思っていたら、耳から聞こえてきた。そういうことを思って。
小林　ああ、スイカ割りに行けなかったんだけど、耳をすませばスイカ割りの音が聞こえてくるみたいだ。では、D班、決めてください。
D班の男子　Aの、「すいかわり耳をすませば」が。
小林　はい、おめでとう。

D班の男子　理由は、さっき小林君が言ったセールスポイントがよくて、一種の物語みたいな感じがしたんですよ。Bも、けっこうよかったんだけど、最後の「みたいだな」というのがちょっと。

小林　なるほどね、ちょっとそこがぼやっとね。おめでとう、拍手！（拍手）

はっきり言って今回は、ちょっとAが半歩抜けてると思いました。これはスイカ割りができなかった子が、耳をすませば聞こえる、ちょっと寂《さび》しいけれども、なかなかいい句です。

はい、次は「虹」。持ってきてください。

五回戦「虹」

雨の日に空見えし時虹の空
七色のステンドグラス虹の空
虹の空広がる世界花畑

小林　「雨の日に空見えし時虹の空」。これはC班。
井上　空見えし時。
小林　そこがかっこいい？
「七色のステンドグラス虹の空」。これはB班。
B班の女子　雨上がりにきれいに虹が見えたとき、それがステンドグラスみたいだなと。
小林　虹の空が七色に、まるでステンドグラスみたいだ。きれいな色ガラスをはめた絵みたいな、そういうことですね。次、D班。
「虹の空広がる世界花畑」
D班の女子　虹の下に、そこだったら広がりが見えるような気がして。
小林　なるほど、面白い。ではA班、考えてください。
A班の相談。かなりもめている。
岩崎　Bに決まりました。「ステンドグラス」というのがきれいなイメージでよかったと思います。

小林　さっき、どれともめてたの？
岩崎　Dです。
小林　ということは、三対二？
A班の子どもたち　四対一。
小林　「虹の空広がる世界花畑」も、ちょっときれいですよね。「ステンドグラス」と「花畑」の対決。どちらも「世界」「七色」などの実際の言葉がたくさん入ってますから、ちょっと豊かな感じがしました。それから見ると、C班の句は非常に素直なんだけど、B班のほうが出てくる役者が多かった分だけ印象が強かったんでしょう。
では最終戦。今はB班がリードしています。

六回戦「金」

おまつりで金魚すくいでみなにげる
夏の夜山にすみこむ金塊よ
金魚すくいやぶれやぶかれぼろのあみ

小林　よく考えたら、B班が今から判定なんだから、B班と、ここで勝ったチームが同一優勝ですね。では、いきましょう。

「おまつりで金魚すくいでみなにげる」。これはA班。

岩崎　セールスポイントは、おまつりで金魚たちがいて、子どもたちが来て、「すくうぞ」とか言い始めたという感じ。

小林　かんのいい金魚だねえ。

「夏の夜山にすみこむ金塊《きんかい》よ」。これは、C班。

C班の男子　山にはよく金塊があるって聞いたんです。初めはあると思わなかったんだけど、見つけたことから山に住み込んでいた。

小林　金塊がまだあるんじゃないかと思って、山に住み込んで調べてるわけ？

C班の男子　そうじゃない。初めは金塊がないと思ったんですけど、金塊が動いた。

小林　要するに、金塊が山に住み込んだ。金塊が歩いて？

C班の男子　そんな感じ。

小林　ちょっと童話的な感じですね。次、これは、D班。

「金魚すくいやぶれやぶかれぼろのあみ」

D班の男子　一昨日つくったやつのパクリかもしれないんですけど。（笑い）

金魚すくいの網は、自分で金魚をすくっていて破れるのもあるし、網を水の中に入れて金魚が突進してきて破れるのもある。それでけちな人は、破れても、それでも金魚をすくおうとして、もっと破れるから最後はぼろぼろに。

小林　なるほど、でも金魚すくいの名人って、破れてからのほうがうまかったりするんだよな。はい、わかりました。ではB班。考えてください。

B班の相談。

小林　決まった？

B班　まだです。

小林　いいよ、ゆっくり考えて。

注目！　ではB班、どこが勝ちましたか？

加山　D班です。

D班　やったー！

小林「金魚すくいやぶれやぶかれぼろのあみ」。その理由は？

加山「やぶれやぶかれ」っていうのが印象的で、この後どうなるかと続きそうな感じ。

小林　昨日はなんだっけ？

子どもたち「まかれまきつく」。

小林　同じような感じ。D班、二度おいしい目を。はい、ではD班とB班が優勝です。

子どもたち　優勝決定戦！

小林　優勝決定戦をやるので、では今からB班とD班は、五分間で一句つくりなさい。題はなんでもいい！　じゃあ、A班とC班は三位四位決定戦をやるか。

　B班とD班が同点優勝した。でも、子どもたちはそれでは納得しない。小林さんが予想もしなかった優勝決定戦が行われることになった。題は自由。五分で決着をつけることになった。B班は「花火達みじかい命」までつくり、最後に「ありがとう」にするか「さようなら」にするかで大激論。結局「さようなら」を残した。

優勝決定戦

小林　（B班とD班の句を黒板に貼る）静かに。では、BとDの決戦です。どっちの班の句かは言いません。セールスポイントも聞きません。AとCで決めるんだよ。

花火達みじかい命さようなら
夏の日々ゆれるこもれび友の声

小林　この時間でつくった割には両方ともいいです。やっぱりね、あせるといいんだよ。では、どちらの意見も聞かないで決めます。今度はA班とC班の全員が、自分一人の判断でいいと思ったほうに手をあげます。「花火達」がいいと思う人は、手をあげて。一、二、三、四……七人だな。

「夏の日々」がいいと思う人？　三人。「花火達」の勝ち。これはどっちのチームですか？

子どもたち　B班です。

小林　おめでとう、B班一着、二着D班。

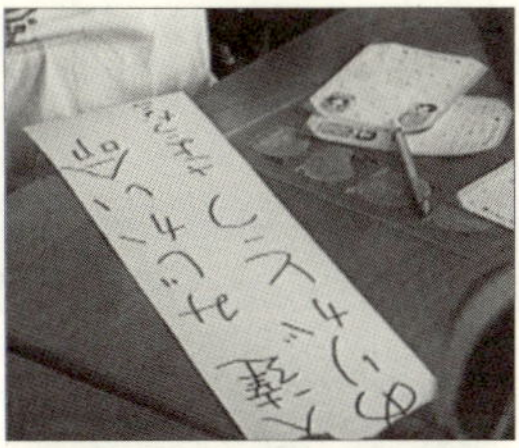

三位四位決定戦

小林　では、三位四位決定戦をやります。

　夏休み日光行くの楽しみだ
　たなばたにいのりをささげ神様よ

小林　では、B班とD班、だれの意見も聞かないで、自分の考えで決めなさい。
「夏休み」がいい人は手をあげてください。一、二、三、四人。「たなばた」がいい人は？

一、二、三、四、五人。

はい、おめでとうございます。C班が三着でA班が四着です。

では、最下位インタビュー。じゃあ、神山君。「光栄です」とか「嬉しいです」とか。（笑い）

「これがテレビで全国に流れるのでとても自慢です」とか。

神山　なんか変な感じ。

小林　今、たぶん顔がアップで映ってるよ（笑い）。

では終わりです。五分休憩してから、昨日と同じように再び個人戦です。

授業⑤

二回目の個人戦

二時間におよぶ白熱の団体戦が終了。最後の句会は、校庭に出て自由に俳句をつくり、再び個人戦にのぞむ。つくるのをいやがっていた小林さんも、今回は後輩たちにまじっていっしょに俳句をつくりだした。

子どもたちはときどき、句に入れる言葉が季語なのかどうかを確かめるために小林さんにききにくる。小林さんもつくり終え、みんなも教室へ戻ってきた。もう慣れた句会を楽しんだ。

最後の句会

校庭で俳句をつくって、投句

小林（紙を配る）その紙に自分の句を一句ずつ、昨日と同じように書いて。名前は書かないで。できたら出してください。これを「投句」といいます。紙を二枚ずつとサインペンも持っていってください。自分が清記したということを「清記だれそれ」と書きます。もし自分の句に

当たってもそのまま書くんだよ。またもし、読めないものがあったら先生にきいてください。

午後の句会開始

小林　それでは、先生がゆっくり読んでいきますから、その間に、昨日と同じように、いいなと思うもの、要するに、予選を通過させるものの番号を書いてください。そのあとで時間をあげますから、自分が本当に選ぶ七句を書いてください。ではゆっくり読みます。

(1)　青白い色がめだてるあじさいよ
(2)　アジサイはふんわり丸いボールかな
(3)　太陽がサンサン照りで熱射病
(4)　さくらの木夏風にゆれおどってる
(5)　ぴょんぴょんとタイヤではねる夏の午後
(6)　初夏のゆうぐを囲むさくらの木
(7)　あじさいも二・三こぐらい枯れている
(8)　夏の風日かげの中ですずんでる

(9) ジャガイモのはっぱを虫に食われてる
(10) 桜の葉風にふかれてとんでいく
(11) 一匹のありが見上げる校舎かな
(12) ニワトリが暑いぞーとおこってる
(13) 太陽と梅雨のけんかはきせつかな
(14) がんばれとありの巣作りおうえんし
(15) アゲハチョウモンシロチョウにひとめぼれ
(16) にごる池かすかに見える金魚かな
(17) 丸まるとアルマジロかなダンゴムシ
(18) 理科室に酸素泡だつ夏の午後
(19) 暑い砂ありにとってはさばくかな
(20) てつぼうがあつくなってるあそべない
(21) 風にのれたんぽぽのわた空遠く
(22) 雷の激しい声で桜散る
(23) じゃがいもは花だんの中のけいけん者

(24) 夏の日ににわとり親子歌ってる
(25) 桜の木夏の光にあおあおと
(26) ありんこが虫をはこんで父のよう
(27) クリスマスつめたい粉の銀世界
(28) すくすくとのびるジャガイモぼくたちみたい
(29) 学校のあじさいの花風にのる
(30) バラの花ちらりちらりとまいおちる
(31) そよ風がすがすがしいなこの気分
(32) ざっそうよふまれくじけず先はある
(33) イチョウの葉チョウチョみたいにそわそわと
(34) あつければさむいと思えホトトギス
(35) 校庭の色あせたバラ消えていく
(36) 夏の空空に広がる永遠だ
(37) 都会でも一日とじれば山の中
(38) いっぱいのあじさいの花夢の花

(39)　アリの声耳をすませば聞こえるよ
(40)　あじさいが風にゆられてちっていく

小林　この中から昨日と同じように七句を選びましょう。選んだら、その番号と句も全部書いてください。
自分の名前を「だれそれ選」と言って、番号と俳句を読み上げてください。
じゃあ、先生も選びましょう。ああ悲しい。先生のには一票も入らなかった。

子どもたち　うっそー！

発表と講評 ― 最高点句

小林　では、昨日と同じように得点を集計をしていきましょう。最高点はどれですか？ 32番。
(32)　ざっそうよふまれくじけず先はある
これを選んだ人は手をあげてください。

阿久根「ふまれくじけず先はある」の「先」というのが、どういうことか面白かった。

和田「ざっそうよ」で、雑草がどんなに強いっていうか。

小林　先生も選びました。この句には季語がないんですが、なくてもよくできていると思います。俳句は、すべてのものに季語がなくてはいけないということはありません。季語がない句もいっぱいあります。名句のなかにもあります。季語がないと、ただ難しいだけです。ほとんど成功しないんです。

この句には季語はありませんけど成功してます。男の子がつくったのか女の子がつくったのか知りませんが、「ふまれくじけず先はある」というこの言い切りは、元気があっていいよね。ちょっとほろっとします。「ざっそうよふまれくじけず先はある」、この一句を大事にしていきなさいよ、ってつくった人に言いたくなるね。なんか未来が見えているというか、すごく元気な感じのする句です。すばらしい句だと思います。作者はだれでしょう？　渡辺君。（拍手）

じゃあ勝利者インタビューで感想を。どういう気持ちでつくりましたか？

渡辺　ありません。

小林　ありませんとは、はっきりしてますね。すごくいい句です。力強くて、先生はこういう句は好きです。やっぱり男の子がつくったんですね。男の子らしい句だと思いました。女の子がつくってもいいんですけど。

では、次は？　九点句。

子どもたち　4番と21番。

小林　じゃあ、4番からいきましょう。

(4)　さくらの木夏風にゆれおどってる

最初は「さくらの木」を選んだ人がいっぱいいて、あとから「ざっそう」が追い上げてきたという印象がしました。要するに、男の子は「ざっそう」を信じて、女の子はこっち（「さくらの木」）を信じたのかなあと。このクラスは女の子が少ないから、この句はちょっと損だと思いました。採った人は手をあげてください。

松原「さくらの木」は、聞いたとき、夏っていうか、じめじめしているような俳句だと思ったんだけど、「夏風」ってなってから、涼しくて、しかも踊ってる、すごく涼しそうなところにいるんだなあ、と。

関根　松原君と似てるんですけど、「おどってる」って書いてあって、どんなふうに踊ってるのかなって、ちょっと不思議に思って。

小林　本当にそうです。さっき大きな桜の木の下にみんながいて、先生もいましたけど、風が吹くたびにザーッて……。この句は言葉の流れがきれいですね。「さくらの木夏風にゆれおどってる」って、ほんとに自然だし、それに今感じたことをそのままいっしょに感じ取れたと思います。だから素直でとても穏やかで、ゆったりした気分になります。作者は朝川君。(拍手)

勝利者インタビューは?

朝川　ありません。

小林　なし。みんななしか。「おれは俳句の天才だ」ぐらい叫ぶ人がいるかと思ったのに。先生はこれまで、どれぐらいかなあ、五〇〇回ぐらい句会をやったと思いますが、今までにいちばんいい得点というのをほとんどとったことがないんです。今日もそうでしたね。なんででしょうね。やっぱり下手なんでしょうね。

(21)　風にのれたんぽぽのわた空遠く

たんぽぽの綿って知ってますね。先生がみんなと同じぐらいのときに、「たんぽぽの綿毛が、耳の穴の中に入ると耳が聞こえなくなる」ということを言われたことがある。みんなも聞いたことある？　これは全国的に言われているんですかねえ。ほんとかなあと思いますけどね、よく知りませんが、なんかそんなことを言われてちょっとおっかなびっくりした思いがあります。

春の句ですけど、とてもきれいな句です。選んだ人は？

神山「風にのれたんぽぽ」っていう言い方にひかれました。

小林「風にのれ」という、強い言葉の言い切りは気持ちいいよね。

朝川　それに付け足しのようなもので、「空遠く」っていうところがなんか……。

小林「空遠く」っていうところがね、これいいところですね。作者は関根さん。（拍手）勝利者インタビューは？

関根　たんぽぽを見つけたら、飛ばしてあげてください。

小林　そうだね。次いきます。16番。これが八点句ですね。

八点句

⒃　にごる池かすかに見える金魚かな

大津「にごる池」で想像したときに、金魚がかくれるような感じで濁《にご》ってる池にいるっていうような雰囲気を持ったので。
坪上　ぼくは、濁ってる池でも金魚ががんばって生き延びてるのかと想像したので。

小林　そうかそうか。濁ってる汚なそうな池でも、金魚ががんばってる、と。このがんばりはえらいぞと。作者はだれでしょう？　阿久根さん。（拍手）

次はどれでしょうか？

子どもたち　25番。

小林　何点句？　八点。

(25)　桜の木夏の光にあおあおと

先生は選ばなかったけど、別にこの句が嫌いなわけでもなんでもありません。とってもいい句だと思います。ただ、さっきの「さくらの木」の句に似てるかなあと思って選ばなかったけど、今から思えばどっちもいい句です。なんとなく見てると印象がだぶったりすることもある。でもとってもいい句です。採った人？

井「夏の光にあおあおと」が堂々とした感じでいいと思います。

小林　夏らしいよね。青々としている。いかにも初夏っていうか。五月ぐらいはまだ新緑といって、色は浅いんだけど、今ごろになると緑の色が濃くなってきます。これを「万緑《ばんりょく》」なんていったりします。（板書）もともとは、中国の王安石《おうあんせき》という古い人が書いた言葉です。昭和になって中村草田男《なかむらくさたお》という人が使い始めてから、この言葉は季語として定着するようになりました。とても気持ちのいい句です。作者は、ああすごい、また阿久根さん。(拍手)

子どもたち 両方とも！

小林 え、両方とも八点句？ すごい。次は？

子どもたち 七点はない！

七点はなく、六点句

小林 六点まで下がりますか？ じゃあ、六点。

(6) 初夏のゆうぐを囲むさくらの木

「ゆうぐ」は、校庭にある遊具ですね。いろいろありますね。その初夏の遊具を囲んでる桜の木。これを採った人は？

北川「ゆうぐを囲むさくらの木」というところが、さっきわたしが遊具のところにいたときに本当に囲むようだったなと思って。

松原「初夏のゆうぐを囲むさくらの木」って書いてあるんですけど、遊具のところに実際に行ったんですけど、本当に桜の木で囲まれていた。あと、「初夏」と書いてあって、さわやかな感じがした。

小林　日本語って不思議なもので、同じ字なんだけど「はつなつ」って読むのと、「しょか」って読むのとではちょっと印象が違うんですよね。そこらへんが日本語の不思議なところなんです。そういうところがわかってくれればと思います。作者は芹川君。（拍手）次です。

子どもたち　13番！　31番！　34番！

⒀　太陽と梅雨のけんかはきせつかな

小林　なんか不思議な句だねえ。変わった句だ。面白い。採った人？

野々山「けんか」っていうのが面白い発想でよかったと思いました。

小林　太陽と梅雨がけんかしてるのは季節のせいだってことなのかな？

加山　野々山さんと同じで、太陽と梅雨がけんかしてるってのはなんか面白いなあと。

小林　要するに、この「けんか」っていう発想が面白いな、ということだね。ここですね、ここが取り柄だ。作者は松原君。（拍手）

次です。31番。

(31)　そよ風がすがすがしいなこの気分

これを採った人？

井上朋　そよ風がほんとにすがすがしそうでした。

芹川「すがすがしいなこの気分」だから、風が吹いてすごく気持ちいい気分だと想像できて。

小林　先生だったら、「そよ風がすがすがしいなこの気分」のあと、「たらら……」。これは、ゆったりした詠みだから、もうちょっと長くして短歌という他の文芸にしてみたいな。でも気持ちのいい句です。作者は岩崎君。（拍手）

子どもたち　次は34番！

(34)　あつければさむいと思えホトトギス

小林　これは、もちろんみんな社会の時間なんかに先生から教わったんですか？　この句の本歌です。「鳴かぬなら殺してしまえホトトギス」っていう句をつくったのはだれですか？

子どもたち　信長！

小林　信長だね。これ、伝説だと言われてるけどね。それで、「鳴かぬなら鳴かしてみせようホトトギス」って詠んだのはだれですか？　そう、豊臣秀吉。「鳴かぬなら鳴くまで待とうホトトギス」は？　家康ですね。要するにこの三人の英雄の性格が出ている。「鳴かぬなら殺してしまえ」、要するに「もう、鳴かないのだったら殺してしまえ」っていうふうな短気な人が信長で、「だったら工夫をして鳴かしてみようじゃないか」ってのが秀吉で、「じっくり鳴くまで待とう」というのが家康だという。そういう伝説です。先生は、たぶんこの句はそれをふまえていると思いましたが、こういうのは面白いです。本歌取りというか。たぶんつくった人は知っていたと思います。「あつければさむいと思えホトトギス」。違うのかな？　採った人は？

岡安　暑いけど、寒いと思おうとしてるところに、ホトトギスが出てくるのがすごいと思って。

渡辺　替え歌っていうか、楽しそうだから。

小林　なるほど、楽しそう。作者は小林諒君。（拍手）

五点句

小林　次は五点句になりますか？

(3)　太陽がサンサン照りで熱射病

採った人？

小林諒　「熱射病」というのと、「サンサン照りで」というのが……。

小林　それはいいけど、「サンサン照り」ってなんだろう？　よく「カンカン照り」って聞くんだけど……。

子どもたち　太陽！

小林　英語の太陽「サン」を使ったのか。あと、太陽の光がさんさんとふりそそぐ……。まあ、イメージはわかります。こういうのを「造語」といいますね。ふだんはあんまり使わない言葉ですが。作者は野々山さん。（拍手）

他に五点句は？

子どもたち　11番、15番、22番。

小林　11番は先生の句だからパス。

⒂　アゲハチョウモンシロチョウにひとめぼれ

これは、先生も入れました。なんかかわいい句だと思いましたが。採った人は？

岡安　アゲハチョウがモンシロチョウに恋をして、そこからなんかストーリーができてくるような気がするから。

小林　アゲハチョウはすごく華やかな感じがするけど、モンシロチョウというのは、白いふつうのチョウですよね。「モンシロチョウアゲハチョウにひとめぼれ」だったら当然ってことになるんだけど、アゲハチョウみたいな華やかなチョウが、モンシロチョウみたいなごくふつうのチョウにというのが面白いなあと先生は思いました。作者は井上君。（拍手）

(22)　雷の激しい声で桜散る

先生は採りましたが、「声」ってところがよかった。「雷の激しい声」、雷ってほんとは音なんですよね。でも、「声」って言った瞬間に、まるで神様の叫びみたいに聞こえて、その声で桜が散ったと。作者は和田さん。（拍手）

11番を選んだ人、手をあげて。

(11)　一匹のありが見上げる校舎かな

芹川　一匹のアリが大きい校舎を見上げている場面がよく伝わってくる。

小林　ありがとうございました、どうも。（拍手）

井上　一匹のアリの大きさと校舎の大きさを比較したような感じがして、面白いなと思って。

小林（拍手しながら）ありがとうございます。偉い人になるよ、君は。

四点句からはつぎつぎと

小林　四点句以下は、ずーっと続けてやっていきます。

(1)　青白い色がめだてるあじさいよ

これは青白い色が目立っているあじさいなんだけど、呼びかけが面白いのと、色が目立つという言い方が面白いのかな。作者は朝川君。

(2)　アジサイはふんわり丸いボールかな

これは、もう一点入れましょう。「ふんわり」ってところがあじさいの質感っていうのかな、その感じが出ている。ちょっと強く握ったら、崩れてしまう感じがする。作者は井上君。

(5)　ぴょんぴょんとタイヤではねる夏の午後

先生の一点ですけど、これは同情の一点ではありません。いい句だと思いました。いいんじゃないですか、「夏の午後」っていうと、だいたい小学生の場合は、広い校庭でぴょんぴょんと……。なんか寂しい感じがして、先生は採りました。「ぴょんぴょんとタイヤではねる」って面白いと思いました。作者は野々山さん。

(7) あじさいも二・三こぐらい枯れている

面白いのは「も」ってところですよね。こういう細かい言葉の使い方、好きなんですよね。じゃあ、他のものも枯れているのかもしれないって思うじゃない。作者は井君。

(8) 夏の風日かげの中ですずんでる

本当に夏の風が吹いてきて、涼んでいるんでしょう。情景がよくわかります。作者は芹川君。

(9) ジャガイモのはっぱを虫に食われてる

ふつうの言葉だったら、じゃがいもが……になる。文法的には間違っていません。まあ、そのとおり。作者は岡安君。

(10)　桜の葉風にふかれてとんでいく

風に乗って桜の葉がスーッと飛んでいくんでしょう。目に見えるよう。作者は岡安君。

(12)　ニワトリが暑いぞーとおこってる

これも入れときましょう。ほんとに「暑いぞー」と怒ってるんでしょう。季語は「暑いぞー」。ほんとに暑いんだろうな。作者は加山君。

(14)　がんばれとありの巣作りおうえんし

いい句です。ほんとうにがんばってほしいと思うけど。もうひと味……。気持ちはわかります。作者は坪上君。

子どもたち　前回トップ。

小林　前回トップは、今回振るわないね。ま、そんなもんです。

(17)　丸まるとアルマジロかなダンゴムシ

あ、これも入れてあげよう。ほんとにダンゴムシがアルマジロみたいになる。それを見立てたんでしょう。作者は神山君。次はねえ（小林さんの句で苦笑）。

⑱　理科室に酸素泡だつ夏の午後

理科室で実験やらないかなあ、酸素がぶくぶくって。まあ、なんか点が入らないといじけてしまうもんですねえ。

⑲　暑い砂ありにとってはさばくかな

これも面白い句です。ほんとに暑い砂があればアリにとっては砂漠でしょう。こういうとき詩を書く人は、あついはふつう「熱い」と書く。季語は「あり」が入ってるから大丈夫。作者は大津君。

⑳　てつぼうがあつくなってるあそべない

これは、先生の一票。鉄棒が熱くなってるって、ほんとにそうです。それで遊べない。「あつい」はしかも季語になってます。夏の句で、ほんとに鉄棒が焼けるみたいに熱くなっていて遊べない。作者は井君。

(23)　じゃがいもは花だんの中のけいけん者

これは四点ですけど、これはいい句です。「経験者」って何の経験者かちょっと考えたってわからない。でも、なんかジャガイモが花壇の中ですごくいばってるんじゃないかと思いました。作者は松原君。

(24)　夏の日ににわとり親子歌ってる

岩崎君、採った印象は？

岩崎　親子で歌っている……。

小林　童話的で楽しいと先生は思った。作者は神山君。

(26)　ありんこが虫をはこんで父のよう

「父のよう」がどういう意味なんだろう。ちょっと不思議に思った句です。作者は小林諒君。

⑵⑺　クリスマスつめたい粉の銀世界
ほんとにクリスマス、冷たい雪がパーってパウダースノー。ちょっと点が入らなかったのは、今、季節が違うからだと思いますが、イメージが豊富な句だと思います。作者は和田さん。

⑵⑻　すくすくとのびるジャガイモぼくたちみたい
これも、先生は本気で入れました。すくすくと伸びる自分たちのジャガイモを見て、ぼくたちみたい、と思うのは元気が出てよろしい。「ざっそう」の句もそうだけど、なんか元気があるような気がする。作者は坪上君。

⑵⑼　学校のあじさいの花風にのる
これも気持ちのいい句。作者は井上朋美さん。

⑶⑽　バラの花ちらりちらりとまいおちる
これも四点。バラの花ってほんとに一枚一枚パサッパサッて落ちます。しかもバラの花びらって、落ちるときはくるくるってなる。

⑶　イチョウの葉チョウチョみたいにそわそわと
面白い句です。作者は加山君。

⑸　校庭の色あせたバラ消えていく
これもバラの句。「色あせた」がちょっと寂しい句です。「消えていく」って、ふつうは消えはしない。さみしく消えていくみたい。作者は北川さん。

⑹　夏の空空に広がる永遠だ
夏の空ってのは永遠に広がっている。本当にそのとおりだと思います。作者は大津君。

⑺　都会でも一目とじれば山の中
目をとじれば山の中のようになりますね。作者は岩崎君。

⑻　いっぱいのあじさいの花夢の花

きれいですね。「あじさいの花夢の花」っていうリフレインが。作者は関根さん。

(39)　アリの声耳をすませば聞こえるよ

これはちょっと面白い句です。アリの声なんて耳をすましたって聞こえません。聞こえても小さな声です。それを聞き取るというのは、ほんとにアリに耳を近づけたんじゃないかな。作者は渡辺君。

(40)　あじさいが風にゆられてちっていく

今日は相当風が強いので、「風」を出した句が多かったです。似たようなイメージが多かった。点がばらけちゃったと思います。作者は北川さん。

授業のまとめ

小林　はい、終わりです。どうも二日間、一昨日と今日、ごくろうさまでした。ありがとう。

子どもたち　ありがとうございました。

小林　先生は非常に緊張したけれど、じつは今も緊張してますけど、とても楽しかったです。

特によかったのは、先生は人の俳句を読むのが好きなので、二日間でいい句に出会えたのが気持ちよかったです。

みなさんがこれから俳句や短歌あるいは詩を書くことは少ないかもしれません。小説を書くことも少ないかもしれない。それはそれでかまわないと思います。

でも、これから何らかの芸術というか、言葉にかかわっていきます。どんな人でも、必ず言葉とかかわらずに生きていくことはできないのです。

言葉って、ちょっと見方を変えるとぜんぜん違う光り方をしてくる。言葉って自分の思っていることが人に伝わればいいだけのことでもないし、人の言っていることが聞き取れればいいだけのことでもないのです。言葉っていろんな使い方ができるんです。少し言葉を組み合わせただけで、今まで自分の知らなかったようなことが浮かんだり、いろんな発想が浮かんだり。生きていくときに言葉を味方にしていくと、すごく強みになると思います。

体育系に進む人もそうだし、理科系に進む人もそうだし、もちろん文系、国語とか社会とかそういうふうなものを自分の中心にすえていく人もそのとおりです。とにかく言葉ってのは生きていて、ちょっと見方を変えただけでずいぶん変わるんだということを、覚えておいてください。そしたら先生は二日間授業をやった価値があると思います。

一つ、言い忘れていました。

すごく一生懸命やってると、「わたしの句はすばらしいのになぜ点数を入れてくれないのか」って思うんですよ。先生も学生のときはよく思った。言葉を使ったゲーム、遊びですから、ある程度、気持ちに余裕をもって、「自分がいいものをつくる」って気持ちも大事だけど、できれば「人のいいものを見つけてあげる」というふうに思ったほうが、ゆくゆくは自分が豊かになります。自分がいいものをつくるというより、人のいいものを見つけてあげるという気持ちで。こういうほうが先生は楽しい。先生がこういう句会をよくやるのは、他の人のいい句に出会いたいからです。

みなさんも、これから句会をすることがあったら、自分がいい句をつくるのも大事だけど、人のいいものを認めてあげられるようになってください。そうなったらまた違う世界が開けてくると思うな。

授業を終えて

小林先生の感想

やっぱり、一昨日よかった人がだめでしたね。ほんとにそうなる。油断なのかなあ。決して一昨日の人がフロックなわけでもなければ今日の人がフロックなわけでもない。両方とも実力はある。一回目でいい目にあうと、必ず叩いちゃうんですよね。でも、おかげで平均してヒーローが出ていいですね。

――一昨日と比べて、「おっ」と目をみはらせるような句はありました?

今日の句は、場所が開けたところでした。狭いところでは、観察が微細、細かくなって、変わったものが出やすいんです。広くなるとみんなの感覚が似てくる。だから、「風が吹いて木がゆれる」とか「花びらが散る」とか、そういう句が多かった。これはごく自然なことだと思います。

――句会は何回も何回もやったほうがいい?

そうです。だんだん会の傾向が変わっていくわけです。今回は、一回目が細かくて、二回目が広い大きな風景。もし一〇回やったとすると、「この会が低調だった」というふうな見方はなくなって、むしろ「あの会は広々としたいい感じの句がそろったね」って見方をされるんじゃないかな。やっぱり個性がワーッてうねってくるんですよね。

俳句をつくるとは思わずに、「涼しいな」って思っているのと、「俳句をつくるぞ」と思って涼しい校庭にいるのとでは、もののとらえ方が違うんですよね。ある意味では、絵を描こうと思って校庭にいてもそれは違うし、何か発見しようと思って外に出ると、そう思っているだけでいろいろと発見できますよね。

最初のころよく言われたのが、「俳句をつくっていて目つきが悪くなる」って。なんか句になる「種」がないかってきょろきょろするものだから。

――句会のルールとして匿名性を守るのはなぜ？

とにかく匿名にこだわったのは、作者の友だちのが見えてしまったりすると、「友だちのだから選ぼうか」って、そういうことはないと思うけど、やっぱり「あの子は気にくわないから、あの子のには入れたくないな」とか、そういう気持ちが絶対に入らないようにしたかったからですね。これはもう、基本的なルールです。どこの句会でも行われています。

学生時代に小佐田先生に教わったのは、「厳密に、匿名でやる」ということ。匿名でやると、もう一つ楽しみがある。それぞれの作風で、「これは、あいつが書いたものじゃないか」って、そういうことを推測する楽しみがあるんです。

あともう一つ、これは他の句会ではあまりやらないと思うんですけど、「清記」といって、要するに、書き写した責任者の名前を出させました。これは人の句を大事にさせるという考えです。

自分の句は大事だ、これは当たり前なんです。友だちの句や句会で出た句を大事にさせて、自分に回ってきた句をたんねんにきれいに写してあげるという気持ちがあると、やっぱり一体感が増しますよね。人の句を選んであげる会であって、自分がヒーローになりたいんだけどそれはさておいて、とりあえず自分の義務としては、人のいい句を自分のものにするというのが句会だ、と考えると、清記をきちんとするのはその第一歩なんです。

第三点でいえば、これはわたしのルールといってもいいけど、「人の句を選ぶ場合は、句の上に番号がふってあっても必ず句を全部書きなさい」ということ。大学時代はもっと徹底していて、「句会に出た句は、全員一回すべて書き写す。自分のノートに全部写すこと」っていうふうなルールを、わたしが大学の俳句クラブの部長だったときは、とにかくそれを徹底していました。実際には面倒くさいんですけどね。写しているうちにまた浮かんでくる。見えないものが浮かんでくるってことがある。やっぱり他人の句に対する敬意ですね。

だから、せめて今日は、確かに子どもたちが七句書き写すのは時間がかかるんだけど、それでも待たなきゃいけない時間だと思いました。書き写しているうちに、その句に対する愛着がわいてくるというか。

——子どもたちの言葉のつかまえ方は、大人の句会にくらべてどんなふうに思いました?

第一回目の進歩は、キューッと上がりましたからね。進歩がそれから止まったというわけじゃないんですけど、第一回目は裏道に入りましたから、非常に微細な、細かい観察が効いていた句だった。みんなでつくったときは、団体戦でみんなの意見が中に入るので、比較的、勢い重視の句で、細かいニュアンスまで出なかったと思うんです。

三回目の個人戦の句は、広い校庭、開けた場所でつくって、風が吹き渡る感じがよくわかったので、みんなは大きな景色を詠んだと思う。

一日目と二日目を比べると、一日目の細かいもののほうが、若干いいものがあったかなと思ったけど、今日の句も決して悪かったわけじゃない。広々とした感覚は俳句にとって大事なものだから。

——今日はご自身で二句つくりましたけど、五点で悔しいですか?

いや、別にいいですよ。五点入ったのもありますけど、一点も入らなかったのもありますからね。ま、なんといいましょうか。一応これはカメラの前で言っておくとですね、やはり、先生がたくさん点を取っちゃだめでしょ。これは少し遠慮した結果だと思って……違うかな。

いや、ベストを尽くしました。ベスト尽くして敗れました。猿楽小学校六年一組のレベルは高いです。わたしは歯が立ちませんでした。

子どもたちの感想

小林「この子がこんな句書いたのか」ってのはあった？

女子 朝川の「さくらの木〜」は意外だった。

女子「太陽がさんさんと」も絶対男子だと思った。あと、「ぴょんぴょんと」も。

女子「理科室」ってのがぜんぜんわからなかった。

小林 だって酸素実験やらない？

この授業終わっても、俳句つくる？

男子 うん。

男子 俳句は一見難しそうに思えたんですけど、いろんなものを出してそれに季節とかをつける、すごく簡単で面白いものだと思いました。

男子 俳句は一七文字の中に季語を入れるのが難しいです。

男子 ぼくは俳句って、じじくさくて古いもんだと最初は思ってたんですけど、授業をやってみて面白くなってきて、一七文字の言葉の中に、季語を入れたり、感じを表したりして……。

男子 最初は、俳句はちょっと難しそうに思えたけど、やってみると意外に簡単で、すらすら書けたりして、なんか楽しい。

男子 前よりは俳句がどんどん浮かんでくるようになった。

男子 前よりすごく楽しくなりました。言葉の並べ方をかえると、それでも意味が通じるのもあれば、通じないのもあった。

授業の場

渋谷区立猿楽小学校

東京、ＪＲ渋谷駅と東急東横線代官山駅の間、両駅周辺の繁華街からは少し離れた閑静な住宅地に学校はある。猿楽古代住居跡公園が隣接し、校舎は緑に囲まれている。多摩郡猿楽尋常小学校として開校。いく度かの校名変更のあと、一九四七（昭和二二）年、現在の校名となる。

本校の特色の一つに姉妹校交流「金山交流」がある。第二次世界大戦中に本校から一五四名の児童が富山県射水郡金山村に学童疎開した。戦時下の苦しい食糧事情のなかで親元から離れて暮らす疎開児童を金山の人たちは温かく迎えてくれた。

それから三〇年ぶりの一九七六（昭和五一）年にかつての疎開児童が疎開先を訪れたことがきっかけになり、金山小学校と姉妹校となり、入学時から両校児童は文通相手が決まり、交流が一年中行われる。五・六年になると隔年で全児童が二泊三日で相互訪問する。

二〇〇一（平成一三）年には、創立八五周年を迎えた。鉄筋校舎、校庭舗装（アーバンコート）、玄関ステンドグラス、校舎アルミサッシ化、体育館落成などの改・新装を経て、現在の近代的な校舎となっている。二〇〇一年現在、教員数一六名、一一学級、児童数二六五人。

小佐田先生インタビュー

——上の写真、小林さんは今とはずいぶん違います。どんな学生さんだったんですか？

あけっぴろげで、すごくみんなに敬愛されるというか、そういう感じでした。それから、突拍子もない面白いことを言って、みんなを大笑いさせて自分もすごく喜んだり……。

——そういうひょうきんなところもあるんですか？

あるんですよ。はい。

——俳句をお始めになった動機はどういうことでしたか？

わたし自身が理科系に行きました。けれど、文化系のほうにも大いに興味がありました。政治経済的なほうには積極的な興味は昔も今もあんまりないんですけども。いわゆる文学関係のことは、同じぐらいのウエイトで興味を持っておりました。ぼくは和歌山の高野山の生まれで、坊主の息子じゃないんですけど、父が学校関係で高野山の自称文化人みたいな人たちといっしょに、俳句や短歌をつくったりしていたのでございます。

高野山は昔も今も、特に夏は、避暑を兼ねてピカイチの偉い方がいらっしゃいます。例えば虚子さんがいらっしゃったら、虚子さんを囲んで句会を開いていただくとか、そんなこ

小佐田哲男先生

とを自称文化人の方々が毎年やっていたようで。父もその一人だったので、そういう雰囲気のなかで育った影響があるのかもしれません。でも、父に手をとって教えられたことはありませんでした。

　それから中学校五年のときの担任の先生、国語の先生ですけど、その方がやっぱり短歌俳句にかなりのご造詣がおありの方でした。それで当時、昭和一六年、五年生は夏休みには当然、奉仕作業というのがありました。わたしの学校は高野山の麓の中学でございますから、あの辺は森林がかなりありますので、森林の下草刈りだとかそういう作業をするために、山の中に合宿所みたいなのを学校で建てたんです。そういうところで、四、五日か一週間ぐらい、何回か合宿したりしてるうちに、せっかくこんな所で作業をやってるのだから、なんか俳句でも短歌でもいいからそういうものをつくってみないか、というようなことを先生がおっしゃいました。それでみんなでそれらしきものをつくったりしたことも、かなり大きなきっかけになったかもしれません。

――先生ご自身は、俳句を専門に勉強する文学系のご出身ではないんですよね。

　専門コースなんて、どこの大学にもありませんよ。強いていえば、ぼくが大学紛争の真っ最中に創設した全学ゼミ「作句演習」ぐらいのもんじゃないかな。入学から卒業まで四年間続ければ八単位。各学部各学科の必修主要課目と同じウエイト——そのことに気づいたのが停年退官の一年前（笑い）。

自分でそれらしきものをつくって、一人で悦《えつ》に入っていたわけなんです。俳句をちゃんとやっておられる方にお聞きすると、「自分一人だけでそんなことしてたってダメだ。句会というものに出てもまれないと、決して身につかない」ということを言われるんです。句会というのはどうすりゃいいかというのもわかんないし。「ああ、そうか。やっぱり句会というのに出ないといかんのかな」と思ってるうちに、大学で山口青邨《せいそん》先生という有名な方が、月一回、学生のためにじかにご指導くださるという会が、土曜日の午後あるのを知りました。今まで自分が勝手にいいかげんなものをつくって、自分で悦に入ってたものを、ほんとうの先生がご覧になると何をおっしゃるかもう怖くて怖くて、ドアの前までは行くんですけど、入れなかったんですよ。

そんなことを三年ぐらいやっていたんじゃないかな。ところが自分で言うのはちょっといけませんけど、大学で、学生歌と応援歌の応募が何年かに一度あったんでございます。その応援歌の歌詞に応募しましたら、入選になっちゃって。後で、その選考委員のお一人が山口青邨先生でいらっしゃったということをお聞きしました。

学生歌および応援歌の作詞と作曲と、つまり入選者がそれぞれ二人ですね。その四人だけのために安田講堂で受賞式をやってくれたんですよ。五月祭は、表向きは金曜日の午後から始まることになってるんですが、実際は土日だけで、金曜日の午後はみんな準備が間に合わなくて、トンカチやってたりするんです。

総長は矢内原忠雄先生のときでしたが、各学部長先生総員においでくださいました。オーケストラがちゃんと控えていて、そういう発表会を五月祭の前夜祭みたいなときにやってくれました。

当時安田講堂は、勅任教授以上の方でないと、正面から出入りできないんです、その他に、そば屋さんだけは天下御免でして。そば屋さんは下から四階までの階段を、おそばを目よりも高く捧《ささ》げて登って来るのが大変ですから。

授賞式のときは、ぼくら四人だけ特別に正面から出入りさせてもらいました。卒業式のときは正面はダメなんです。下の方から階段を四階ぐらい上がって、やっと式場まで行くんです。そういうことにまず感服しました。

それから、矢内原総長が自ら賞品は何がいいだろうと考えてくださったらしくて、とにかく音楽・歌関係だから、オルゴールがいいんじゃないかということで。ふたの裏にちゃんと名前と応援歌歌詞入賞とか彫ってくださって、それを壇上で総長自ら一人ひとりにくださった。

その他に、副賞なるものがあった。それはびっくりしました。当時、わたしの父が亡くなりまして、奨学金を駒場の二年生のころから受けていました。ジュニアが一八〇〇円、シニアが二一〇〇円でした。その当時に、副賞で一万円くださったんですよ。一万円持って、もう手が震えました。学生課で「たかられなさんなよ」って言われた。何に使ったん

だかぜんぜん覚えてないっちゅう。（笑い）

その選考委員のお一方が青邨先生と聞いたので、ちょっと気が大きくなって、「もうドアをノックするのは今をおいてはない」ということで、意を決してノックしたんです。

その会は「東大ホトトギス会」という名前でした。青邨先生の先生が、先ほどお話した高浜虚子さんなので、あの方は「ホトトギス」という雑誌と会をやっておられました。虚子さんの流儀を受け継ぐ俳句をやるということで、「東大ホトトギス会」という名前がついていた。大昔は、越中富山藩江戸上屋敷から移築した、惣檜《そうひのき》二層のほんとうの御殿が二棟あったのだそうですけど、その立派なのは関東大震災で焼けちゃって、かわりにヒュッテみたいなのができた。それでも名前だけは「山上御殿《さんじょう》」でした。その中のいちばん小さな部屋。一〇人くらいの部屋でやっていた。それでわたしが行ったときは、学生四、五人と、OBの人たちも二、三人いたという感じでした。

毎月一回、名前を伏せて、七句ずつ出す。ところが七句ってのはなかなかできないんですよ。やっぱり何となく心に衝動がわいてきてつくるのが本物で、「七句をつくれ」なんて強制的につくるのは邪道である、と。偉そうなことを言っていたもんですから、なかなか七句そろわないんですよ。でも、ベテランの方は七句ぐらい毎月平気で出される。ぼくは七句のうち五つできれば行くんですけど、四つぐらいしかできてないですから、けっこうさぼったりしてる。

それから山口青邨先生というお方は、「この変な陽気な句は、今日、初めて来たあの子の句だな」ということは当然おわかりのはずなんですが、だからといって絶対甘くはなさらないんですよ。ベテランの方と同じレベルでお採りになる。そうするとめったに選に入らないんですよ。「互選」といって、先輩とか学生が交互に選ぶときは、一つか二つくらい入りますけど、先生の選にはぜんぜん入らない。

学生のときもそうですし、助手になったときも、句会は土曜日の午後ですから、特に今ごろから夏にかけては、「山へ行こう」みたいな誘いがいっぱいかかりますから、そんな陽の当たらないところで、選ばれもしない変な俳句を書くなんてのよりは、山へ行くほうがいいっていうんで、大いにさぼった。

句会は一月と八月はなくて、月一回、年一〇回ありました。今申し上げたような理由で、本来七句のところを、五つ以上できれば出るんですけど、五つできないときは出ないんです。出てもどうせへたくそだし、みんなは七句つくってるのに、ぼくなんかが四句しか出さなけりゃ、ますます点が入らない。

それでさぼりにさぼりまして、一年半ほど経った時点で、たまたま六つぐらいできた。ちょうど、台風が来るという日で、枕の上に赤いガーベラの花が一輪挿《さ》してあったんです。それで、

ガーベラの赤さ台風接近す　　　哲男

とやりました。

初めて、先生の並選！　もっとうまいのは特選――これは、作者が名のりをあげてから先生の短評がつきます。

卒業生が出るときには、ちょっと簡単にビールぐらい出るようなことになります。親しくしてもらっていた方が卒業のとき、「こりゃ今日は行かにゃいかん」と思って、その「ガーベラの句」のときから、また一回か二回さぼったわけなんですが、三か月か四か月ぶりで出ていきましたら、青邨先生と入り口のあたりでばったりお会いして、「やあ、珍しいねえ」とおっしゃった。「こりゃいかん、もう顔を覚えられちゃったから、さぼるわけにいかん」ということで、その後はややまじめにやってたんです。

――俳句の実作をゼミでしたのはどうしてですか？

そのうちに、卒業生がどんどん卒業して、あとから入ってこないんですよ。それというのも、さっき申し上げた先生の選が極めて厳しくて、初心者にも甘くなさらない。最初は来るんですよ。ところが二度目から来ない。わたしと同じように。

それでどんどん学生が減っちゃった。ＯＢも減って、しょうがないから事務職員の方にも来ていただいて、やっと七、八人ぐらいでやってたんです。そのうちに、先生方、事務職員の大先輩の方もいらっしゃいます。その方は今もご健在で、今年九七歳になられたかな。ただ、おみ足がちょっとあやしいのと、夜の会は奥様がおとめになるようで、夜は出ていらっしゃらないけど、投句だけは非常にちゃんとなさって、おとろえをぜんぜん感じさせないようなお方でした。そんな先生方が、「哲男さん、あなた若い学生の供給源にいるんだから、なんとか一人か二人引っ張り込んでくださいよ」なんて毎回言われるんです。そりゃおっしゃるとおりで、じゃあ、何とかせなあかんかなと思って、けっこう派手なポスターを描いて、駒場で新しい学生を獲得しよう、と。一人か二人は来るんですよ。でもやっぱり次から来ない。そんなことを二、三年繰り返した。これじゃあもうどうしようもないので奥の手を使おうと考えたわけです。

一高時代は一二六〇人しかいなかった生徒が、新制二年目には四〇〇〇人になっちゃった。それで教官と学生との意志疎通が極めて希薄になるからということで、もっと学生と教官との交流を強めよう、ということを、総長になられる前の矢内原学部長がおっしゃった。

それで、二つ具体的なことを提案された。一つは、「教養学部報」という、教官だけで編集する学部内の新聞を発行する。学生に記事を書かせると、一方的になるので、めちゃめちゃになりますから。それからもう一つは、ゼミの強化。前にも全くなかったわけじゃないんですが、昭和二五年秋のレッドパージ反対の大ストライキを契機にして、教授会で「先生方は講義のご専門と全く関係があってもなくても、なんでもいいから、お好きなゼミを必ず一つはお持ちください」とのたまったのです。あの先生はこわい先生ですから、教授会でそれを言われたら、もう、「やるっきゃない」と。

わたしが俳句のゼミを始めたのは、昭和四二年ぐらいだったと思います。俳句をつくる若い人を何とか増やすというのが目的で、それはある意味では不純な動機かもしれない。

わたしが講師になったばっかりのときで、四月から始めるには、ゼミのレジュメ、講義要綱を教務に提出しなきゃいけない。その期限が二月初めごろなんですよ。四月から始めるためにはそれを出さにゃならん。わたしはその当時、青邨先生の「夏草会」という句会で、新人賞なるものはいただいておりましたが、同人《どうにん》——主宰者と準同等の資格で、師範代も務めることができる——ではなかった。同人にもなっていない者が俳句のゼミを勝手に始めていいものであろうか。

とにかく大先生の許可を得なくちゃならん。しかし、許可を待ってたんじゃ間に合わない。それで先生に断りなしに、自分で勝手に、もっともらしいこと書いて出しちゃったわけ。そのあと、大げさに言うと夜も眠れないくらい心配で、ヒラのへたくそな俳句をつくってるやつがそんなゼミなんかをやって、単位を与えて、成績をつけるなんていうことをしていいものかどうか、と。

ところが幸い、四月早々、ゼミがスタートする直前ぐらいのときに青邨先生の「夏草」という会誌の三五〇号記念大会が、先生のご郷里の盛岡であったんです。ちょうど先生ご夫妻が宿泊される旅館と同じ旅館に割り当てられまして、朝、洗面所に行きましたら、先生ご夫妻がニコニコしてそこにいらっしゃったんですよ。これはもう、千載一遇《せんざいいちぐう》のチャンスということで、「じつは、こういうことをやっちゃったんですけど」と言ったら、「あなたほどになったら自信を持っておやりなさい」と、はっきりおっしゃった。あなたほど、ってあんまり進歩してないんだけど、そうおっしゃってくださった。それで、やれやれ。
――大それたことである。ぼくのような浅学非才の句づくりが、こんなゼミ開いていいのだろうか？　でも、俳句なんて爺さん婆さんの暇つぶしだ、と思ってる人たちがあまりに多すぎる昨今、《俳句こそ青年の詩だ》と大声で叫びたいばっかりに敢てこのゼミを開講する。なお教官は有季定型を旨とする者ではあるが、いわゆる前衛ないし現代俳句陣の諸君の参加を拒むものではない。

これが「東京大学全学ゼミナール」講義要綱所載の全文でした。

大学紛争はもう始まっています。いくら駒場に変わった奴がいっぱいいるといったって、俳句のゼミに一〇人も二〇人も来るはずない。それで、わざわざ教務に申し入れて、いちばん小さな部屋を用意してもらいました。わたしの部屋からは、時計台のある本館の中庭を隔てて、ゼミの部屋が見えるんですよ。「次だなあ」と思って、ふと見たら、廊下が黒々としてる。「騒動が起こったかな」と、おそるおそる近づいていって、「何？」ってきいたら、「ゼミです」「何のゼミ？」「俳句です」「ええっ！」。

入りきらないどころの騒ぎじゃない。廊下にびっしりなんですよ。幸い学年初めですから、わたしの守備範囲の製図室がまだ空いてましたので、そこへまず誘導して、学生に番号つけさせたら七六人いた。「こんなんじゃ、一時間半のゼミでなんてできるもんじゃない」と言って、「遊びじゃないんだ、俳句っていうのは。修行は厳しいぞ」とか、さんざんおどかしたらだいぶ減るかなあと思ったら、いくらも減らないんですよ。

とにかく、一時間半でできる句会の人数はせいぜい一五人ですよ。無理しても二〇人。それなのに七六人が、六七、八人ぐらいにしか減らない。「どうしよう。せっかく来てくれたんだから、何とかしなくちゃ」。

ゼミが金曜日の三時五〇分から五時二〇分までの一時間半です。その間に七〇人近い連中の俳句をなんとかせにゃ……。小短冊というちっちゃな紙に、表に俳句だけ書いて、裏に学部学科学年氏名を書いて、投句箱というのを置いときまして、「水曜日中にこの中に一人一句ずつ放りこんでおけ」と。水曜日の夜それを開けて、こんどはわたしがガリ版で切るわけですよ。コピー機なんてないころですからガリ版で切って、木曜日のお昼になると名前を伏せた俳句だけをプリントしたのができてくるから、それを取りに来い。それを持ってって、ゼミが始まるまでに、各自いいと思うのを一句だけ選んでこいと。それを発表するだけで、もう時間いっぱいなんです。そういうやり方で何回かやってるうちに、紛争がどんどん激しくなってきて、ヘルメットかぶって出て行くやつもいるし、だんだん人数が減ってきて、六〇何人が三〇人まで減りました。ここまで減ったらふつうの句会形式でなんとかなる。

わたしの部屋は広かったんですよ。三〇人ぐらいなら詰め込めるんで、そこらへんの補助椅子も全部持ち込んで、わたしの部屋で三〇人ぐらいでやっていたわけです。

土曜日の午後、「山口青邨大先生直接ご指導の句会が本郷であるから行こう」ということになりました。それでついてきたのが、三〇人のうち二〇人ぐらい。「東大ホトトギス会」のみなさんびっくりなさった。「どうして今日、こんなに学生が来るの？」——「かくかくしかじかで、先生のお許しがあったからゼミの連中を連れてきました」って。そんなことでわたしの俳句ゼミなるものがスタートしたんです。

——先生はやっていて楽しかったですか？

ええ面白かったですよ。言いたいことはボンボン言いますし。

それと恭二がよく書いているように、ふつうはいいと思うのだけを選ぶでしょ。ところが、「こんなものが俳句か、こんなものをつくって何が大学生か」というようなやつを逆に選べ、と。つまり、いいと思ったものと、こんなものはけしからんというのを両方選ぶ。それでお相撲の星取みたいに、いいと思うのにはちっちゃい白丸、特に悪いというのにはちび黒丸を、選句用プリントの上につけて出させるわけなんですよ。それを「逆選」と言ってたんだけど、恭二はそれが面白いとあちこちに書いてくれてます。確かに面白いです。

——どうして？

要するに、白丸もいっぱいつく、黒もいっぱいつくのが面白い句なんですよ。白もつかず黒もつかずっていうのが、いちばんどうしようもない。初めのうちは、ゼミが一時間半ではフリートークなんかとてもできないですから、これは義務じゃないけど、そのあとで、「わたしの部屋でもうちょっと俳句の話とかをがやがややりたいやつはいっしょに来い」と。初めのうちは、紅茶とケーキぐらいだったんですが、だんだん年を経てくるとアルコール類が出没、出没じゃなくて出っぱなしになってきた。

わたしの研究室は駒場の時計台の四階にあった。時計台はふつうは上れないんですよ、鍵がかけてあって。危ないとか。紛争以後、そこから垂れ幕をたらしたりする者がいたもんで、ふつうの学生は上がれないんだけど、わたしといっしょにくれば鍵を持ってますから、時計台に上るのも面白いし。行けばビールが出てくるというようなことで、あの時計台のことを「ビヤタワー」と言ったやつがいる。

——紛争中もやったんですか？

はい。紛争だから、ますますやってた。俳句を教えるというよりもいっしょに遊ぶんですよ。わいわいがやがややってるうちに、おのずとできてくる。

——先生は、小林さんがつくった俳句を覚えてらっしゃいます？

もっちろん！（書く）

吹雪の中をひた走るおはよう　恭二

これはいかにも彼らしい。こういう感じの句はあまりないと思いますよ。

——どういうところが？

彼独自のものを出してますよ。似たような俳句のことを「類句」、それから似たような発想のことを「類想」といいますが、類句も類想も、これにはないと思います。しかも、子どもの幼稚な俳句みたいだと思う人がいるかもしれない。まったく違う。「おはよう」

が、走ってるわけです。ぼくは、合宿でこれが出たときに膝を打って激賞したのを覚えてます。

――そのときの小林さんの表情は？

例によってケラケラケラケラしてました。こんな顔で。

ふっとできたように見えるけど、実は悪戦苦闘の末ようやく絞り出したという句もあります。これはどっちかというと、ほんとにこんな顔で出てきたんじゃないかと思います。非常に明るい感じで、そのくせきちっと筋が通ってる。

――小佐田先生が思ういい俳句というのは？

俳句をなさる方も短歌をなさる方も、自分の心にいつも持っていて、すごく感動して、終生忘れられないような作品は、二〇や三〇はおありだといいます。それを一つに絞れと言われたら、ぼくはこの句を挙げたい。（短冊に書く）

凍天《とうてん》に吊られし馬の嘶《いなな》けり　　誓子

これは今の若い方にはピンと来ないと思いますけど。戦争中の情景です。作者は、有名なお方。山口誓子《せいし》さん。

出征は一〇万、内地帰還はゼロ。わかっていただけるかなあ？　負けた時点で馬は向こうでどうなったか。いちばんひどいのは食われちゃったのもけっこういるし。人間だけで精一杯ですから、馬なんかは放り出して日本へ帰ってくるでしょ。幸運なら、中国の人に養われた馬もかなりいたとも思いますけど……。

少なくとも内地から一〇万頭出て、内地へ戻ってきた馬はゼロなんです。

——小佐田先生ご自身がつくったもので気に入っていらっしゃるものは？

殻もたぬゆえの悲運ぞ蛞蝓　哲　男（短冊に書く）

最後の二字はナメクジです。ところが、「なめくじ」と読むと字足らずになるでしょ。五音で読むと、「なめくじら」または「なめくじり」。どっちでもいいんですけど。中身はまったくというほど同じなのに、かたつむりは殻を持ってるから、いてもわざわざ踏んづけられたりしない。むしろかわいがられる。ナメクジのほうは殻がないから、塩ぶっかけられて……。人生だって同じようなもんだ、という自由詩みたいなものを昔つくったことがあるんですが、それを俳句にしてみたんです。「殻もたぬゆえの悲運ぞ蛞蝓」。これは、ぼくが学士会館でやってる草樹会《そうじゅ》で、これを出したら、意外とみなさんに評判がよかったんです。いちばん最近の句です。

——俳句をつくるときに、やってはいけないことってありますか？

山口青邨先生は、高浜虚子さんの高弟のお一人で、すごく心酔しておられるんですが、虚子さんは、「花鳥諷詠《かちょうふうえい》」、見たままを俳句にしなさい、という教えでした。自分の体験は入れてもいいけど、主義主張は表に出さないで、淡々と、見たまま感じたままを俳句にする。「吊られし馬」の山口誓子さんも系統としては虚子さんと同じですが、誓子さんの場合はある程度、ご自分の意志が表に出てきます。「征きて帰らぬ軍馬」に対する想いが十分感じられますよね。

とにかく自分が見たり触れたりしたことを詠むのは、俳句の本来のいきかたなんで、頭だけで考えて、ちょっと変わった言葉だとか、一見面白そうな素材だけで俳句をつくるのはお勧めできない、ということを何度も何度もおっしゃいました。

伝統俳句といわれてる、「有季定型」と申しますね、季語があって、五七五は原則として守る。そして、心の底からの感動に発する句だけをつくること。この二つです。

あるとき、わたしのゼミの学生が、さっきの青邨先生の東大ホトトギス会に、「水の中の仏像がどうのこうの」という句を出したんですよ。そしたら青邨先生が「こういう水の中の仏像はどこにあるんですか」とおたずねになった。そしたら彼いわく、「頭で考えただけです」と。「それはいけません！」。はっはっはっ。だから、いわゆる「前衛」という人たちは得てしてそういうのを出して評価されたりしてますけど、いわゆる伝統俳句、その線でやる以上は、頭だけでつくりあげたものはよくない。

ぼくに言わせますと、《いかに一見巧妙さを装ってみても、頭だけでデッチあげた句を、感動に発したほんとうの句と並べてみると、造花と生花の差がある》です。

わたしのゼミは、初めの数回は人数制限しないで受け入れていましたが、次の学期からは一応二〇人と決めました。あらかじめ講義要綱に、受講希望者過多の場合は、俳句に関する常識、感受性並びに表現力についてのテストを行ったうえで採用する、と予告しました。その常識というので、こういう意地の悪い問題を出したことがあるんですよ。（書く）

凧きのふの空の在りどころ　　蕪　村

第一字、五音で読むときは何と読むか。ふつうは「タコ」ですよね。そのときの希望者は定員二〇人に対して五〇人近くいました。そんな中で、白紙答案はないです。そこがまた東大生のいじらしいところ。何かは書くんですよ。

ところがその書いてある字はみんな「やっこだこ」！　どこに「やっこ」という字が書いてあるんだ！

「凧きのふの空の在りどころ」。感じはおわかりでしょう、お正月のあれです。毎日そこらへんに上がっていた、これのない空を眺めたときの感じ。正解はこうなんですよ。「タコ」のことを「イカ」と言うところがあるでしょう、九州の方なんかそうじゃないでしょうか。タコとよばないでイカと。「凧」は「イカノボリ」と読むんです、この一字で。

「イカノボリきのふの空の在りどころ」。これは歴史に残るだけの句なんですけど。こんな意地の悪い問題を出したこともある。

——正解者はいたんですか？

いない。白紙はなかったけど、みんな「ヤッコダコ」。

——句会で一点も入らないと、ものすごく悔しいものですか？

それは、あります。青邨先生がよくおっしゃってた。「句会にきて、一点も入らないと、ぶんぶん怒ってる人が、必ず一人や二人おる。あんなにぶんぶん怒って帰ったんだから、あの人、二度と来ないだろうなと思っていたら、また次の会にちゃんときてる」。やっぱりそういうところが俳句の魅力というか、面白いところなんだね。だからいったん始めたらなかなかやめられないんですよね。

〈番組名〉夏来たる　五・七・五で　いざ勝負！
ＮＨＫ「課外授業 ようこそ先輩」制作グループ

制作統括	土谷　雅幸
	高瀬　雅之
プロデューサー	鈴木　ゆかり
演出	福本　浩
構成	長嶋　甲兵
ナレーション	小室　等
撮影	夏海　光造
	伊東　慎治
共同制作	ＮＨＫ
	ＮＨＫエンタープライズ21
	テレコムスタッフ

装幀／後藤葉子（QUESTO）
イラスト／藤原ヒロコ

小林恭二　五七五でいざ勝負　課外授業 ようこそ先輩　別冊

2001年8月7日　初版第1刷発行

編　者　NHK「課外授業 ようこそ先輩」制作グループ
KTC中央出版

発行人　前田哲次
発行所　KTC中央出版
〒460-0008
名古屋市中区栄1丁目22−16 ミナミビル
振替00850-6-33318　TEL052-203-0555
〒163-0230
新宿区西新宿2丁目6−1 新宿住友ビル30階
TEL03-3342-0550
編　集　(株) 風　人　社
東京都世田谷区代田4-1-13-3A
〒155-0033　TEL 03-3325-3699
http://www.fujinsha.co.jp/
印　刷　図書印刷株式会社

 ISBN4-87758-209-6 C0095

別冊　課外授業 ようこそ先輩　既刊本

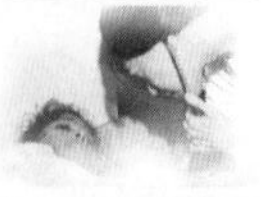

国境なき医師団：**貫戸朋子**

山本寛斎

ハロー・自己表現

小泉武夫

微生物が未来を救う

丸山浩路

クサさに賭けた男

吉原耕一郎

チンパンジーにハマった！

岡村道雄

やってみよう 縄文人生活

高城 剛

まぜる!! マルチメディア

綾戸智絵

ジャズレッスン

紙屋克子

看護の心そして技術

ちばてつや

マンガをつくろう

名嘉睦稔

版画・沖縄・島の色